U0539982

沒有國籍的島

黃維君 詩集

目次

抒情，永遠只是起點
——《沒有國籍的島》推薦序一　陳家帶 ………… 6

文史交融的地誌詩篇
——《沒有國籍的島》推薦序二　廖永來（廖莫白）…… 16

我們的時代，我們的島
——《沒有國籍的島》推薦序三　施至隆 ………… 20

不滅之火
——《沒有國籍的島》自序 ………………………… 26

卷一｜文學的足跡

1. 碎裂的月光 ………………………………… 45
2. 摩里沙卡 …………………………………… 51
3. 慶修院側記 ………………………………… 54
4. 豐田移民村 ………………………………… 58
5. 文學的足跡 ………………………………… 62
6. 將軍府・1936 ……………………………… 64
7. 碧血緋櫻 …………………………………… 66
8. 豐富的心 …………………………………… 70
9. 眠月神木 …………………………………… 72

卷二｜航向愛爾蘭

1. 航向愛爾蘭 …………………………………… 79
2. 島嶼巡航 ……………………………………… 84
3. 一首詩的完成 ………………………………… 87
4. 伴你長眠 ……………………………………… 89
5. 芬蘭頌 ………………………………………… 92

卷三｜沒有國籍的島

1. 我看見一個浮動的世界 ……………………… 97
2. 沒有國籍的島 ………………………………… 100
3. 戰爭算不算是一種宗教 ……………………… 101
4. 在不確定名份的國度 ………………………… 102
5. 我在尋找一座森林 …………………………… 104
6. 想像中的春天 ………………………………… 107
7. 美麗的王國－春天的變奏曲1 ……………… 108
8. 蛙鳴－春天的變奏曲2 ……………………… 110
9. 比翼的鳥－春天的變奏曲3 ………………… 111
10. 麗水－春天的變奏曲4 ……………………… 113
11. 揉皺的地圖 …………………………………… 114

卷四｜從時間的盡頭回來

1. 從時間的盡頭回來 …………………………… 119
2. 再訪開基武廟有感 …………………………… 122

3. 前進總統府 ………………………………… 125
4. 我是以天下為己任的王 …………………… 126
5. 貪婪，在政治的血管裡流竄 ……………… 128

卷五｜收穫的季節

1. 果然 ………………………………………… 133
2. 所謂「愛情」 ……………………………… 135
3. 收穫的季節 ………………………………… 136
4. 前世的約，今夜完成 ……………………… 138
5. 加利利海 …………………………………… 139
6. 楓鄉的夢 …………………………………… 140
7. 波士頓的秋天 ……………………………… 142
8. 逍遙遊 ……………………………………… 144

卷六｜禪與哲學

1. 不滅之火 …………………………………… 149
2. 京都哲學之道 ……………………………… 152
3. 寫在櫻花上的情書 ………………………… 154

附錄

文學星圖裡的永恆──懷念楊牧老師 ………… 161

後記

莫忘初心，穮而不輟──出版前感恩的話 …… 166

抒情，永遠只是起點

――《沒有國籍的島》推薦序一　　　◎陳家帶

　　黃維君在 1980 年出版《茉莉家鄉》詩集，以同名詩寫給未婚妻陳聰慧，許諾建構現代桃花源，多年後美願成真，他們在花蓮鯉魚潭畔明媚幽靜的風光中，落實了詩人一逕掛懷的抒情傳統――給我一座茉莉家鄉。由此可以推知，維君是個勇敢作夢，而又劍及履及能以行動魄力去實踐夢想的人。

　　《沒有國籍的島》望名思義，收錄了黃維君由小我到大我、從抒情傳統拉出來的政治詩篇。維君青少血氣方剛時，便為所當為，無懼衝撞體制；及長，做過政務官，參與社會改革，打出個人的一片青空，然而他時時不能忘情於詩，靈感躍然紙上，自然誕生出這冊詩集。愛情與政治是光譜兩端，維君一旦投入便戮力以赴，義無反顧，也因此他隱隱然已從傳統的抒情詩人轉身為熱血的浪漫派了。

本書分六卷――

　　卷一〈文學的足跡〉收九首地景詩，主題集中，出手

推薦序

不凡，值得細品，特色是地景加上歷史縱深。「碎裂的月光」詠嘆日治時期嘉南大圳之父八田與一，夫人投水隨夫犧牲，感人甚深；「眠月神木」遙念阿里山開發之父河合鈰太郎考察三千年紅檜，因月夜美麗輾轉難眠而得名眠月；「摩里沙卡」懷想林田山林場的風景，泛黃檔案成了鄉愁；「碧血緋櫻」記1902人止關之役，有意還原歷史，展露詩人識見胸襟；「文學的足跡」踏上小坑溪文學步道，歸結出美麗的創作動能，亦屬詩人的內心告白：

> 用哲學的心思
> 走美學的路
> 留下文學的足跡

卷二〈航向愛爾蘭〉，包括「島嶼巡航」、「一首詩的完成」、「伴你長眠」三詩，記載兩段深刻的友誼：吳潛誠與楊牧；「航向愛爾蘭」、「芬蘭頌」兩詩，含納兩種對遠方的嚮往：鮑比桑芝與西貝流士。

桑芝乃20世紀愛爾蘭共和運動的扛鼎大將，繫獄絕食死於牢中；芬蘭國寶西貝流士是晚期浪漫派作曲家，以音符為武器向沙皇抗暴；同列維君深心傾慕的英雄。「航向愛爾蘭」真情流露，意象密實飽滿，允為力作：

我們披衣起身，走向中庭
　　從人類共同悲劇的中心走出來
　　以無比沉重的心情默視整個夜空
　　所有黑暗的區域，那幾乎為歷史
　　為陽光與愛所遺忘的邊區
　　在我們虔誠的仰望下
　　…………

　　我好像聽到上帝痛苦的呻吟
　　在我孤獨的木床邊
　　…………

　　風吹過約翰・馬克布萊的墳地
　　墳地上新生的酢醬草
　　酢醬草在春天開花的味道
　　——那不就是愛爾蘭嗎？

　　楊牧為當代文學大師，詩文並茂，在華文世界影響深遠；東華大學教授吳潛誠乃國內重量級學者；均為維君畢生珍惜的師友，斯人已逝，維君緬懷之餘，有傷念有勵志，堅定如北辰的詩人心志亦昭炯可見：

　　在愛爾蘭與台灣兩個島嶼之間
　　來回巡航

超越生死，不再靠岸

　　卷三〈沒有國籍的島〉，詩人關懷國家社會，抗議戰爭地震，其中「沒有國籍的島」、「在不確定名份的國度」沉痛心繫台灣的運命；「我看見一個浮動的世界」為青春詩篇，詩人的許願竟成永恆信仰：

　　以無比愛的力量去虔敬選擇
　　未受任何罪惡浸染的一方碑石
　　並且將之豎立在歷史的中央
　　如是，我恍然悟見一面預言的魔鏡
　　清楚照現大化運行的規模

　　「我在尋找一座森林」當屬此中傑作。詩人以林木從業者出發，想像森林成長的歲月有血有淚，有苦難有歡愉，卻彷彿在巨大的斧口下倒了下來，而詩人驚夢之後，看見：

　　一座鬱鬱蒼蒼的黑森林
　　風雨不去，鳥聲不去
　　那是一座海拔三千的風風雨雨
　　從灰燼中赫然站立了起來

後面幾首春天變奏，輕巧寫意，居然也會遇見這類充滿力量的警句：

> 而我的軀體始終奔騰著叛逆的血液
> 那是更甚於核子的威力
> 我要把生命炸成繽紛的花朵
> 對著無邊無際的大地散落

卷四〈從時間的盡頭回來〉堪為官場備忘錄，詩人控訴許多政客虛偽、貪婪。訪遊台南開基武廟時，警告鬻官爭權的牛鬼蛇神不受關帝君庇佑，而瀟灑磊落之士「入廟不拜又何妨」。「我是以天下為己任的王」語詞犀利，反諷坐大位者如何自我催眠，自欺欺人。本卷同名詩「從時間的盡頭回來」分無悔、迷惑、淡然三段，直指革命者從擁抱理念，到禁不住誘惑而墮落瓦解，詩人稱之以天國的祝福變調：

> 從文字裡尋找人類共同的悲喜苦樂
> ....
> 亙古不變的主題，我從時間的盡頭
> 回來，見證榮枯毀譽的真諦

「揉皺的地圖」記敘九二一集集大震,詩人把時間停格於引爆點,山稜走位,河床隆起,驚悸與哀號的城鎮宛如積木般垮了,而我們卻還活著,仍然住在斷層,那張揉皺的地圖,再也燙不平了。維君悲天憫人,詩藝鮮活。

卷五〈收穫的季節〉有意在人生奉獻之後,超越政治,回歸桑榆晚景,以感恩的心吟唱「加利利海」、「波士頓的秋天」,字字發光,句句含溫,藉此自況心境,再真實不過了。「逍遙遊」中所謂:

　　任君引商刻羽,自命清高
　　我唱我的下里巴人,又有何妨
　　…………
　　也不要說生命是如何有意義
　　青絲白雪自來由不得人

讀至「楓鄉的夢」,我們更忍不住要認認真真去聆聽詩人不斷不斷唱著這樣美妙的清歌:

　　從落地窗穿越草原
　　向湛藍的海平面探索
　　那貝殼沙灘白色珊瑚的夢
　　我就是這樣想你

任落山風不斷在夢裡呼喚

　　楓鄉哪，思想起……

　　卷六〈禪與哲學〉乃詩人新作，為旅遊日本京阪收穫。本卷雖只三首短詩，但朝聖向賢之心堅定充實，寫作手法圓熟透徹，禪即哲學，哲學即禪，是以詩明志的佳例。

　　黃維君佩服敬重的詩人楊牧曾在「右外野的浪漫主義者」一文中，為雪萊、濟慈、葉慈等英語詩人辯護，其中一項重要特質是以公理正義為本，向權威挑戰；維君獻身任事，捨曲邪而涉清流，遠鎂光而趨焰火，政論詩藝率皆如此，且信念一旦成形，終身護持不墜，而這恰恰是浪漫派最最珍視寶貴的血統！

鯉魚潭

——偕培芬贈維君聰慧　　　　　◎陳家帶

茉莉花把夜風化成及物動詞
殘月懸吊，並且拖曳一個大問號

形容詞是千聲百響的寂靜
連接詞即美麗純粹的黑暗

螢火蟲，最像動名詞
當飛翔悄悄屈就為副詞

餘光裡追蹤前行足印如頓號
而好山好水都將遇見鯉魚，免介系詞

環潭公路愈走愈像彎曲括弧
在意念筆直的破折號後面——

競相作冒號啊白楊樹的新芽
不得不的逗點，乃微雲心情

或者以流星為驚嘆號
銀河盡頭當作句點

讓走調的山歌留下刪節號……
我們四個主詞姑且互為關係代名詞

文史交融的地誌詩篇

——《沒有國籍的島》推薦序二　　◎廖永來（廖莫白）

　　憲東長我幾歲，我們成長在同時代。這個時代，既醜陋也美麗。台灣尚處戒嚴，在肅殺的氛圍，我們走過聯考，在文學的喜愛中成長。與美麗島事件，擦身而過。而後走出校園，目睹台灣發生一椿椿悲慘事件。林義雄家的滅門血案，陳文成離奇橫屍台大校園。我們強忍眼淚，走出校園，投身社會。恰巧遇到改革的浪潮，也短暫投入政治，甚至參與選舉，擔任公職。在野過，執政過。這經驗多少反映在憲東的詩作。憲東詩集中寫到愛爾蘭的葉慈與台灣的楊牧，他們參與社會政治，深淺不同，卻也都有幾許緣份。愛爾蘭詩人葉慈，一八六五年出生，文學之外，晚年曾擔任二屆愛爾蘭自由邦參議員，關心社會脈動與現實政治。一九○○年後，在作品中我們自然感受到葉慈詩作在政治中的現實與真實。一九二三年葉慈榮獲諾貝爾文學獎。另一位台灣的詩人楊牧，花蓮人，回台灣後也長居花蓮。楊牧的個性溫和，鮮少直接碰觸政治，但並非對現實政治無感。其詩作——〈帶你回花蓮〉、〈蘆葦地帶〉、

〈水田地帶〉、〈有人問我公理與正義的問題〉，對林義雄家不幸的悼詩〈悲歌為林義雄作〉等等。在唯美的思考與文字中，也隱藏不住對現實與社會的關懷。

　　文學的原鄉他鄉，在時代快速的轉輪中，會有迥異與相似的書寫。楊牧的花蓮，吳晟的濁水溪，向陽的鹿谷。他們書寫的家鄉，就是所謂的地景詩。地景詩是詩人與土地的對話。也有人把地景詩稱做地誌詩。地誌詩更進一步描寫景觀，也深及歷史，進而建構作者讀者的情感認同，甚至族群家國的認同。

　　嚴格定義地景詩或地誌詩，憲東的詩應較傾向屬於地誌詩。以前較少閱讀憲東詩作，知道他大學讀政治大學東語系，當時政治大學有個詩社，就是憲東和陳家帶他們創辦的長廊詩社。現在寫詩者，不一定會在報紙副刊或詩刊出現。我對憲東的詩，乃在 Line 中所得。憲東給我看的詩，大多收集在卷一的詩作。〈摩里沙卡〉寫林田山，〈慶修院側記〉寫建於日治時期的古寺，另有〈豐田移民村〉

等等的地誌詩。憲東幾乎詩末都有備註說明，簡言之，如果詩文配讀，就是文史輝映，頗有所得。讀後，我主動表示意見，談及以前讀過鄭愁予、余光中甚至近期的吳晟、渡也、林央敏……，我提出林央敏於二〇一七年出版的家鄉即景詩的序言：我（央敏）希望台灣詩人的地景、地誌詩，能夠不侷限於寫景、抒情，也應寫實或記事，甚至融合二者，使作品更有縱深，更渾厚耐讀。

憲東和央敏寫的地誌詩或地景詩，他們共同主張詩的韻律相當重要，認為韻律是詩聲音上的美感，因之，憲東仍非常注重詩的原素，他常常和我說起，我亦認同，目前許多詩流於文字雕琢，不易閱讀。

憲東於詩集卷二，以詩懷念詩人楊牧及文學教授吳潛誠。楊牧和吳潛誠都曾任教於花蓮，憲東尤其以楊牧為詩為文推薦懷念。憲東並在詩集中特別提起芬蘭頌，提及芬蘭音樂家西貝流士，在十九世紀時，芬蘭為蘇聯統治，為喚起芬蘭國民意識，凝聚芬蘭人的團結，創作出氣勢磅礴的音樂──芬蘭頌，在芬蘭激起多少人的感動，芬蘭經過努力，終於在一九一七年宣佈獨立。總之，世界各國在追求自由獨立的過程，遭遇不一，但彼此之間終能相互激勵學習，相互輝映，留下美好。

小說家宋澤萊在論述台灣文學時，以台灣三百年為經緯，從春天到冬天，從幼稚到成熟，從萌芽到枝盛葉茂。

三百年的文學面貌，山川景色的更迭，生生不息，不斷拼搏，意志昂揚。

　　憲東以為詩集名稱的詩作——〈沒有國籍的島〉，恰好反映這代台灣人對這塊土地，對國家定位的追求與期許。憲東書寫的年代，涵蓋這卅年來，經歷大大小小的運動。台灣完成國會全面改選，也在一九九六年完成首次總統民選，實質邁上一個準國家的態貌。只是被中國挑戰。在國際上的身份和稱呼，仍遮遮掩掩。

　　　　被困居在沒有國籍的島
　　　　忍受歷史循環的夢魘，流亡
　　　　挫折與墮落，那些困難舉證的罪
　　　　如影隨形，烙印在每一次更迭的朝代

　　台灣是沒有國籍的島，我們是沒被國際承認的島上的人民。我們在尋找苦悶的出口，苦悶的台灣，何時成為國。在形成一股昂揚的意志前，憲東的詩作依偎我們，陪伴我們。

我們的時代，我們的島

——《沒有國籍的島》推薦序三　　◎ 施至隆

1.

　　始於詩，1974 政治大學。

　　我在民國 63 年（1974）9 月就讀政治大學，與維君（憲東）應該是相識於我大一下或大二上。但互動往來較為密切是在大二寒假之後，政大「長廊詩社」草創前後。維君、家帶大我兩屆，在詩社批准成立之前，印象最深的是，我們三人經常在政大校園八角亭聚會，探索詩社名稱及成立後的相關事宜；我們三人中最為積極者當屬維君一人。當年還未解嚴，學校對新社團的成立處理上較為保守，可以說沒有維君的驅策，詩社難以如期成立。因緣際會，那段期間各大學詩社風起雲湧。後來在 2011 年，台北市文化局特別舉辦了一次大學詩社的回顧展（長廊詩社成立的始末，請參閱 2017 年 2 月「文訊」第 376 號「秉燈行於廊」）。

　　當年校園風氣保守，但也開啟了幾扇思想啟蒙的窗

推薦序

口;前前後後的台灣新電影浪潮,民歌運動,鄉土文學論戰,都為後來的民主運動累積了足夠的能量。

所以,維君他是一位以行動遂行理念的人物。

之後,我們先後畢業、服役;我又遠渡重洋南下新加坡經商。當年手機尚未問世,但我們之間持續地保有聯繫;期間我也曾到過花蓮幾次,或我一人,或帶著家人同行。據我所知,當年離開學校不久,他已開始從事反對運動;也因此有意無意地和一些朋友保持低調的距離。但詩以言志,詩集中〈航向愛爾蘭〉(1981),足以反映當時作為詩人及反對運動者的維君之志。雖說北愛爾蘭和台灣時空背景不同,歷史背景相異,但維君以史喻今,鮑比桑芝 27 歲死於獄中,維君創作此詩時也才 29 歲。其後,借〈島嶼巡航〉懷念吳潛誠教授(1999);〈伴你長眠〉懷念楊牧教授(2020),橫跨四十年,維君藉緬懷前賢,抒發與這島嶼的共生共榮,一貫不改其志。

2.

這幾年時局動盪不安。2020 年初,全球新冠疫情爆發,至 2022 年,情況稍微緩解,但又爆發俄烏戰爭,這是自二戰後最嚴重的地面武裝衝突。今年初美國川普政府的新關稅政策,又再次衝擊世界貿易體系,影響市井小民常態生活。有時不禁要問,詩在我們的時代是什麼?

維君早年出版過詩集《茉莉家鄉》（1980）。這本詩集收錄了《茉莉家鄉》之後的詩作，書名《沒有國籍的島》，以名會意，大致上就可推及作者在這島嶼生活的自足與不足。詩集分六輯，並不按編年前後；從〈文學的足跡〉，中途不分時間先後，歷經〈航向愛爾蘭〉，〈沒有國籍的島〉，〈從時間的盡頭回來〉，〈收穫的季節〉，最後到達「禪與哲學」。

　　自 2010 年維君任職於高雄市政府，至 2018 年退休前，他大部分的時間都在市長室服務。2013-2014 年我時任亞洲台商總會總會長，前後三屆大會都在高雄舉辦，受到陳菊市長、維君和市府團隊高度的協助。這段期間也是我和他互動最為頻繁的時候；對權力和世態也有更深層的認知。雖然政治是「妥協的藝術」，但掌權者有時因利因勢，心思一動搖就容易落下權力的平衡木。這些都形成在台灣當代現代詩中維君特有的題材，和有別於他者的風貌。如去年初的力作〈貪婪，在政治的血管裡流竄〉（2024），正好和〈我是以天下為己任的王〉（2008）相呼應。直白反諷，政治不為人知的反面。我的名言「政治正確易，美學正確難」。維君在公共事務上有所為也有所不為，自有其耿介之處；在文字上則字字行行推敲。詩，始於意念，如雕塑如畫作，卓然天成者少有，最後乃成於刀刀筆筆的雕琢。從早年的力作〈航向愛爾蘭〉到最近

的〈再訪開基武廟有感〉（2024），正義之星始終照耀如一；之間難免偶有猶豫困頓，借用〈從時間的盡頭回來〉（1999）最後四行：

> 終於了然於胸，我匆匆回來
> 從時間的盡頭回來
> 我終將回去
> 在不可逆知的虛無裡

3.

論創作的風格，維君的詩是「詩的抒情傳統」呈現「浪漫主義」精神風貌的主軸與變奏。「抒情」與「浪漫」最容易讓一般讀者望文生義，但抒情與浪漫的真義，盡在純真的人性與不輕易和現實妥協的精神。維君最終當然沒有「向虛無沉落」，而是回到他和聰慧姐在花蓮壽豐的茉莉家鄉，繼續耕讀寫詩，繼續為理想抒發胸中塊壘，在〈加利利海〉（2019）繼續構築他青春的美學。如詩集中最新的佳作〈楓鄉的夢〉（2025）：

> 相思繾綣，楓香無限
> 從落地窗穿越草原

向湛藍的海平面探索

　　那貝殼沙灘白色珊瑚的夢

　　歷盡千帆，這大概就是詩人心中的理想國吧。閱讀維君的詩，想像在紛亂世局中詩是什麼？我讀到了正義，我讀到了哲思，〈我看見一個浮動的世界〉（1980），還有，我讀到了對這塊土地的真性情，為她而存在的理由──昇華 sublime, sublime；sublime 不正是所有藝術存在的根源和價值嗎？

不滅之火

——《沒有國籍的島》 自序

　　我開始嘗試現代詩的創作，應該是始自初、高中時期，那時候一群嘉義的文青友人，渡也、尹凡、唐瑾、周俊吉和我，經常呼朋引伴，在周俊吉家的種子行倉庫聚會，徹夜飲酒、清談、無所事事，卻也集資創辦了一本刊物——「拜燈雙月刊」，發行創刊號後，僅曇花一現，就無疾而終。

　　上了大學，終於在大四畢業前，與陳家帶、施至隆、張力、單德興、沈文隆、游喚等人共同成立政大長廊詩社，定期發行長廊詩刊，為大學生涯留下美好的回憶。

　　退伍後，我到花蓮接續家族的木業生意。西元1980年5月結婚前，我將以往的詩作結集出版，名為《茉莉家鄉》，年少輕狂，躊躇滿志，自然勇於編織夢想，彩繪未來的烏托邦。

　　《沒有國籍的島》這冊詩集，是收錄自《茉莉家鄉》後的詩作，將近45年的歲月，才結集出版第二冊詩集，對一個現代詩的創作者來說，是不及格的。

自序

我常自嘲,詩的創作者分三等級。第一等級當然是專業的「詩人」,第二等級是業餘的,至於第三等級如我者,則只能算是附庸風雅的玩票之徒罷了。

這 45 年中,由於參與黨外運動,衝撞體制,挑戰威權,從事各種社會改革,期間紛紛擾擾,無法沉澱心情,整理思緒,創作經常間斷;但也經歷了體制內、外各種面向的衝突與妥協,從中學習、歷練與反省,也從旁觀察到人性的脆弱,若欠缺深厚的人文素養,很難抵擋撒旦的誘惑。權力是人性腐壞的催化劑,多少人在權勢的顛峰,卻晚節不保,鋃鐺入獄,令人不禁唏噓!

這冊詩集,我將之約略分成六卷,闡明我創作的初衷與詩想。

卷一〈文學的足跡〉

大多是退休後寫的地景詩,我試圖在詩裡融入歷史的因子,讓詩去說故事,讓故事可以流傳。所以,我特別去蒐集相關資訊和參考文獻史料,在每首詩的後面,以「後記」或「附註」來做一些背景說明。

例如:〈碎裂的月光〉參考前衛出版社發行,古川勝三著,陳榮周譯的「嘉南大圳之父──八田與一傳」;〈碧血緋櫻〉則參考台大歷史系吳俊瑩老師的「1902・人止關之役」一文,在此一併表達誠摯的謝意。

〈碎裂的月光〉這首詩，是我在外代樹忌日前夕，嘗試以她的視角，寫下她對八田與一愛慕情懷，決意相伴的心情，用這樣一段淒美動人的愛情故事，來感念八田夫妻留給台灣的恩澤與功績。

> 我不是武士，但我
> 會是你摯愛的河津櫻
> 選擇在你的墳前飄零
> ……………………
> 我會以八田家徽的和服盛裝
> 與你相會
> 投身在我三年來的淚水裡

〈慶修院側記〉、〈豐田移民村〉、〈摩里沙卡〉和〈將軍府・1936〉，寫的是日本移民在花蓮墾殖耕織的辛酸血淚，以及藉宗教力量撫慰鄉愁的故事；或伐木林場風華再現；或古蹟修復再造歷史，率皆日治時期台灣社會的部分縮影。

卷二〈航向愛爾蘭〉

是我將台灣和愛爾蘭類比，同樣身處歐、亞兩大洲邊陲的島國，命運載浮載沉，一樣坎坷困頓。由於長期關懷

相同的議題,對吳潛誠教授英年早逝特別不捨。懷念吳潛誠教授,我借用他著作的書名寫下了〈島嶼巡航〉這首詩:

> 我看到教室外那廊柱,堅毅而挺拔
> 像極了你的身影鍥而不捨
> 在秋日餘暉中屹立,最後的巡禮
> 那是愛爾蘭史詩裡無所不在的魂魄
> 從災難中閱讀自己的身世
> 從屈辱裡尋找民族的良心

而楊牧老師對我來說,更是在詩創作的這條路上,惠我最多的良師益友。我的第一冊詩集《茉莉家鄉》,就是楊牧老師遠從西雅圖幫我寫序,諸多勉勵與期許,至今深藏心底,莫敢或忘。我在懷念楊牧老師的詩〈伴你長眠〉裡,特別呼應了老師對族群議題——社會的公理正義的懸念。我這樣敘述:

> 你懸念公理正義
> 我醉心民主改革
> 教室和街頭的交集就是
> 島國的命運,那片
> 開遍野百合、太陽花的土地

曾經荒蕪破碎的家園
　　曾經挫折坎坷的路
　　我們淌血流汗，我們許願祈禱

　　　我在 2013 年 6 月，隨高雄市政府參訪團到赫爾辛基訪問，對西貝流士公園以管風琴意象的龐大鋼管雕塑留下深刻的印象，不規則排列的造型，卻又井然有序，像一串串芬蘭國花——山谷百合，昂首天際。西貝流士是芬蘭最偉大的作曲家，他創作的交響樂「芬蘭頌」，氣勢磅礡的旋律喚醒芬蘭人民的愛國情操，終於在 1917 年脫離異族統治宣佈獨立。我採用曲名寫下〈芬蘭頌〉這首詩，向芬蘭致敬：

　　曾經，我們顛沛流離
　　曾經，我們在暗夜裡哭泣
　　流下的淚水
　　滋潤著祖國獨立的夢

卷三〈沒有國籍的島〉

　　　這裡收集的都是我二十多年前的詩作。那個時期，投身體制外的社會運動，滿腔熱血，挑戰威權，海內、外到

處奔波,就只為了島國獨立的夢。

　　四百年來,台灣的歷史是被嚴重扭曲的,隨著殖民者更迭,台灣史跟著重寫,從來沒有自己的主體性,當然找不到自己的名字。在這首本卷同名詩,我用反諷的語法寫下內心的迷惘與徬徨:

　　飽經風霜之後,猛然
　　你會發現,在類殖民地的世界裡
　　謊言才是真理

　　台灣在解除戒嚴,追求民主化的過程中,依然政黨惡鬥頻仍,內耗不斷,人民的信心像無根的浮萍,風吹草動就惶恐戰慄,驚悸難安,我在〈在不確定名份的國度〉裡,寫下心裡的困惑與無奈:

　　自責於體弱多病的政黨政治垂危旦夕
　　而我又如何憑一己棉薄之力
　　維持短暫且虛構的和平?

　　春天,是萬物復甦萌芽的季節;黎明,是熬過黑暗重見曙光的時刻。在〈想像中的春天〉我期盼美夢成真:

我想像，春天終於越過禁忌的海岸線

　　以肥美的雨向廣袤的大地散開

　　…………………………………

　　春天終於落在祖先遺留下來的家園

　　並且把風吹成暖暖的愛

　　讓全世界的沉睡者都醒來

卷四〈從時間的盡頭回來〉

　　去年元月下旬，立法院新會期選舉前夕，各政黨合縱連橫，花招百出，威逼利誘者有之，使詐誆騙者有之，只為爭奪權力，沐猴而冠，吃相極為粗鄙難看。當時我心情極為低落，一夜輾轉難眠，痛心疾首之餘，於是寫下〈貪婪，在政治的血管裡流竄〉這首詩。詩名，這句名諺，正是全世界最早實施民主制度的國家——英國，政壇上流傳數百年的警世之語。

　　台灣各界，尤其政壇，祭祀參拜關聖帝君者眾，這些政客汲汲營營，卻大多不遵守教義，徒盜用名諱，招搖撞騙，欺世媚俗，貪圖私利，以致牛鬼蛇神竊據廟堂，允為民主國家最大的諷刺。

　　我借台南市開基武廟神龕上的楹聯：

「入此廟當要出此廟，莫混帳磕了頭去
拜斯人便思學斯人，須仔細捫著心來」

以及後殿大門上的一副對聯：

「詭詐奸刁到廟傾誠何益
公平正直入門不拜無妨」

對不肖政客提出嚴厲批判與撻伐。在〈再訪開基武廟有感〉這首詩裡，我放言詛咒鬻官爭權者不在庇佑之列：

因果報應，輪迴不過三代
我立規矩在楹聯上
暮鼓晨鐘警醒世人
詭詐奸刁者三跪九叩無益
瀟灑磊落之士，停驂默禱
入廟不拜又何妨

獨裁者為了掩飾齷齪猙獰的面目，總會想盡辦法找一些冠冕堂皇的口號當遮羞布，我在〈前進總統府〉裡，不客氣地揭露獨裁者狂妄虛偽的心態：

我們從歷史複製了美麗的說帖：

「以天下為己任」──

天下的苦難是我的十字架

天下的苦難是我的

天下是我的……

卷五〈收穫的季節〉

　　我於 2018 年退休，賦閒在家，選擇年輕時的夢想，小隱原鄉，學耕半畝田，蒔花弄草，與泥香為伴，遠離塵囂與是非。

　　年歲已過七旬，心態轉趨淡泊，回首來時路，雖然歷經風風雨雨，卻也有放晴的時候；雖然傷痕累累，卻也收穫良多；人間冷暖，點滴在心頭。

　　這卷的同名詩〈收穫的季節〉，曾有友人的小孩在教堂舉行婚禮時朗誦：

鮮花是你們的，聖樂是你們的

天使合唱的頌詩也是你們的

整個秋天都停下來了

等你們進入佈置美好的洞房

自序

和〈前世的約，今夜完成〉，都是我送給友人婚禮的誠摯祝福：

　　——風雨交加之後
　　彼此甜蜜地淪陷或者佔領

〈加利利海〉和〈楓鄉的夢〉則是送給友人創業的禮讚：

　　我可以在妳的心裡紮營嗎？
　　．．．．．．．．．．．．．．．．
　　夜幕低垂前，我的旅程
　　選擇加利利海的夕照歇腳
　　躺在聖跡湖畔
　　石梯的臂彎，想像
　　星空下遙遠的以色列戀情
　　．．．．．．．．．．．．．．．．
　　我可以在妳的心裡築夢嗎？　　　　〈加利利海〉

　　我們牽手伴行的儷影
　　潮起潮落之後
　　夕陽下，月夜裡

> 每一步都是許諾
> 每一步都是心靈的回聲　　　　　　　〈楓鄉的夢〉

〈波士頓的秋天〉，是我寫給三個月大的孫子的親情之愛。當時犬子正在哈佛大學費正清中國研究中心（Fairbank Center for Chinese Studies）做博士後研究，我偕妻子飛到波士頓去探望，住在阿靈頓（Arlington）區，回台灣前，我特意用淺白的詩句，寫下對尚在襁褓中的孫子的期許與祝福。

年輕時，難免為賦新詞強說愁，文字裡泛濫著少年維特的煩惱、苦澀和憂悶！稍長，期勉自己學習豁達的心境，退休的生涯正可以放空一切，雲遊四海。我在〈逍遙遊〉裡寄情山水，提筆謳歌：

> 所有的歷史都纏雜著因緣附會
> 哪分得清這許多是是非非
> 成王敗寇自古即然
> 用不著昧著良知問心有愧
> ⋯⋯⋯⋯⋯⋯⋯⋯
> 學我唱曲逍遙遊吧
> 逍逍遙遙，自自在在

自序

卷六〈禪與哲學〉

今年五月，我偕妻子安排一趟京阪自由行，第一站就是去和歌山縣高野山朝聖。金剛峰寺是弘法大師創立真言宗密教的總本山寺院，而花蓮的慶修院則是真言宗的海外別院。

從一之橋到奧之院，二公里長的參拜道，朝聖的行腳亦步亦趨，在高聳蓊鬱的杉林間，微風如梵音低唱，沿途有20多萬座歷代大名的墓碑和祈念碑，虛空裡迴盪著前世今生，此岸，彼岸，浩瀚無涯。

我若有所悟，卻又不甚了了，於是，我寫下了〈不滅之火〉這首詩，祈願不論宗教信仰，島國命運或是人生哲理，都能像燈籠堂千年不滅之火，傳承賡續，生生不息：

>　而魯鈍如我者蟄伏世俗框架
>　遲遲未能參悟。我祈願
>　藉信仰點一盞燈
>　照亮晦暗不明的宿命
>　涅槃終盡，唯不滅之火長存

第二站，我到了京都，次日一大早走訪「哲學之道」。從蹴上沿南禪寺、永觀堂、熊野若王子神社，踏上琵琶湖

疏水道旁的小徑——哲學之道。

　　櫻花季節已過，櫻樹和楓樹都綠意盎然，我隨興散策，想像哲學大師西田幾多郎踱步沉思的模樣，刻意臨摹百年前的風景。途中，在一間名為「再願」的咖啡館小憩，啜飲一碗日本傳統抹茶，臨窗冥想。休息片刻，續訪法然院、銀閣寺，一路上，除了豐富的寺院宗教文化外，我對日本特有的枯山水庭園，那饒富禪意的侘寂美學頗感興趣，有深刻的好奇與想像，那是一種人生哲學，一種對生命自我價值肯定的態度，孤寂，短暫，但絕美。

　　　　櫻並木的璀璨與飄零
　　　　枯山水庭園的禪意
　　　　樸質殘缺的審美哲學
　　　　如何詮釋愛慾生死的真諦

　　我寫這一首〈京都哲學之道〉，試圖記錄生命的璀璨與飄零，有省思，有學習。人生如一縷煙，在指間繚繞，握不住，倏然間就散了。就像櫻吹雪的純潔浪漫，只剎那美好，終究歸於塵土。

　　從京阪自由行回臺灣，匆匆已過月餘，除了忙著《沒有國籍的島》的出版事宜，內心一直惦記著、回憶著銀閣寺山腳下的「白沙村莊」。

自序

百年前，水墨畫大師橋本關雪夫妻捐贈300棵染井吉野櫻給京都府，遍植「哲學之道」疏水道兩岸，這些櫻花被京都市民稱作「關雪櫻」。雖然關雪櫻栽植不到十年，橋本關雪的妻子岩見夜音（ヨネ）就因病去逝，不及親睹櫻並木滿開成粉白隧道的盛況。但是，那段隱藏版的愛情故事，在坊間流傳至今，讓我為之動容。

　　我試著以橋本關雪的視角，構思月餘，提筆寫下〈寫在櫻花上的情書〉這首詩，吟詠關雪思念亡妻的款款深情：

> 每年四月，我用櫻花瓣做的郵簡
> 寫滿相思的詩句
> 隨疏水道的流水寄給妳
> ……………………
> 迎風吹雪的繽紛，我彷彿
> 看見妳的身影隨花瓣飄下
> ……………………
> 滿開的是我的思念
> 繽紛的是我的淚水
> 我每年四月寄去的郵簡
> 寫在櫻花上的情書
> 妳收到了嗎？

橋本關雪夫妻鍾愛「哲學之道」一衣帶水的家園，商議遍植櫻樹美化疏水道景觀的善念，造就了「哲學之道」成為日本賞櫻百選之路。百年來，每逢三月下旬到四月中旬的櫻花祭，疏水道兩岸滿開的染井吉野櫻，粉白的花瓣隨風飄落在水面上，鋪成一條猶如和服腰帶的花河，好像橋本關雪寫在櫻花瓣上的情書，隨疏水道的流水寄給亡妻夜音，傾訴日夜思念的真情。

　　人生無常，緣起緣滅；剎那一念之善，須臾便是永恆。

　　這本詩集《沒有國籍的島》，跨越四十五載，歲月悠悠，時光荏苒；浮世雲煙，轉瞬即逝。蒹葭白露之言，雪泥鴻爪之作，無非是趁退休田野，小隱原鄉，為自己大半輩子走過的路，留下些許文學的足跡罷了。同時也一再期許自己，莫忘初心，矻而不輟；堪慰晚年，聊以自娛而已！

　　「回首向來蕭瑟處，歸去，也無風雨也無晴。」蘇東坡「定風波」詞裡的名句，也許可以略抒我此刻的心境吧！

卷一 文學的足跡

碎裂的月光

那一泓水
是我三年來的淚
是你的汗水和我的淚
匯聚的放水口吧
泉湧的相思,川流不息

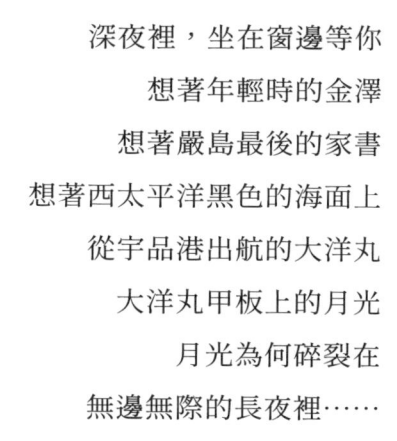

深夜裡,坐在窗邊等你
想著年輕時的金澤
想著嚴島最後的家書
想著西太平洋黑色的海面上
從宇品港出航的大洋丸
大洋丸甲板上的月光
月光為何碎裂在
無邊無際的長夜裡……

思慕的夫君
我總是這樣坐在窗前想你
看月光從烏山嶺灑在大壩上

/卷一 文學的足跡/

你用十年汗水澆灌的壩堤
依然巍峨聳立
你的容顏卻濕潤模糊了
那是三年前碎裂的月光嗎
讓我陷入孤寂的夢

敗戰的屈辱
牽絆著被遣返的心緒
我們胼手胝足的家園
怎能荒廢，我記憶裡
永遠烙印著你堅毅的身影
八田家徽的榮耀
像兼六園琴柱灯籠
挺立於風雪，明滅於暗夜

昨晚家宴，一夜無語
空置的酒杯仍在
玄關闃寂，唯樹影婆娑
彷彿你在庭園踱步
伸手捲繞頭髮沉思的模樣
我不是武士，但我
會是你摯愛的河津櫻

選擇在你的墳前飄零

我決定走出孤寂的夢
思慕的夫君
我即將追隨你
我會以八田家徽的和服盛裝
與你相會
投身在我三年來的淚水裡

【後記】

三年生死兩茫茫，不思量，自難忘。

1945年9月1日凌晨，「嘉南大圳之父」八田與一的夫人外代樹留下遺書，選擇追隨八田，投身烏山頭水庫的放水口，距八田於1942年5月8日搭乘大洋丸，遭美軍潛艦發射魚雷擊沉，不幸為國捐軀，已近三年四個月。夫妻鶼鰈情深，感人肺腑。

八田與一，1886年出生於日本石川縣金澤市，1910年自東京帝大畢業後，即到台灣總督府任職，終其一生，奉獻台灣。

1917年8月14日，八田請假回金澤，和米村外代樹結婚。外代樹之父米村吉太郎是金澤執業醫生，外代樹3月剛從金澤第一高等女子學校以第一名成績畢業。當時，八田與一正值三十一歲，而外代樹剛滿十六歲。因為擔心剛畢業不懂事的女兒嫁到台灣，外代樹的母親原本極力反對，父親則以「外代樹自己決定」為由說服了她。因為要嫁到遙遠陌生的台灣，米村家讓女僕一起陪嫁，早期住在台北，後來遷居台南烏山頭。夫妻倆共育有二男六女，而且都是在台灣出生。

1920年八田辭總督府技師，任官田溪埤圳組合技師。1921年改稱「公共埤圳嘉南大圳組合」，任監督課長兼

工程課長，負責規劃籌建烏山頭水庫。

1930 年，歷時十年的烏山頭水庫堰堤竣工，及嘉南大平原面積達十五萬公頃的水利灌溉系統完成，嘉惠農民超過六十萬人。是當時亞洲第一大，世界第三大的灌溉土木工程。奠下台灣農業發展百年基業。

1942 年，日本計畫複製台灣成功的經驗到菲律賓，5月5日，八田率團隊搭乘大洋丸從宇品港出航南向，5月8日晚上，在西太平洋海域遭美軍潛艦發射4枚魚雷擊沉，八田身亡，享壽 56 歲。

1945 年 8 月 15 日日本戰敗投降。8 月 31 日，外代樹和三名子女晚宴，待子女熟睡後，留下遺書，身穿繡有八田家徽的和服，在烏山頭水庫開工紀念日，即 9 月 1 日凌晨，投身放水口，追隨思慕的夫君——八田而去，享年 45 歲。

嘉南平原的農民感念八田夫妻留給台灣的恩澤與功績，1946 年 12 月 25 日，嘉南農田水利會將八田夫妻合葬於烏山頭水庫壩堤北岸，墓前矗立著八田與一的銅像，讓八田夫妻長眠在充滿美好回憶的烏山頭。每年 5 月 8 日，八田忌日當天，都受到當地人如敬仰神明般舉行追悼儀式。

今年 7 月下旬，我重遊八田與一紀念園區，感觸特別深刻，8 月間提筆將構思經年的詩稿完成。在外代樹忌

日前夕,我嚐試用她的視角,寫下她對八田愛慕感懷,決意相伴的心情。在天願作比翼鳥,在地願為連理枝。一段淒美感人的愛情故事,已然化作花崗石墓園,常年供人們追思憑悼。　　　　　　　　　　　（2023 年 8 月）

（本文參考資料:「嘉南大圳之父──八田與一傳」,古川勝三著,陳榮周譯,前衛出版社發行）

摩里沙卡

獵人的弓箭已鏽蝕
換成伐木工人的斧鋸
工寮的狼煙裊裊升起
林木紛紛倒下
索道兩端是原始林向經濟市場
傾斜的軌跡
嘎然而止的年輪
在風中哆嗦啜泣

零點柒陸貳公尺
是林班到株式會社的距離
沿著斑駁的集材鐵道
蜿蜒而下的風景
曾經鳥獸紛沓
曾經鬱鬱蒼蒼

森坂的晨曦夕照，飄溢著
海拔兩千的風風雨雨

/卷一 文學的足跡/

訴說紅檜扁柏的故事
黑色魚鱗瓦的苔痕
堆疊著時代更迭的霜露
遺緒在昭和的日式建築群裡
薄霧輕籠，暗香湧動

風華再現是一種救贖
沉睡的摩里沙卡
在政策撫育下甦醒了
重生的聚落，影音如昔
不斷召喚斧鋸下的精靈
重構林業文化的圖騰
泛黃的檔案是鄉愁
每一頁都是汗水和榮光
在萬里溪畔的山坡上
回顧，懷舊與省思

【後記】

　　林田山曾是台灣第四大林場，日治時期，日本人在萬里溪南側山坡地上興建生活機能完善的伐木社區，稱作「森坂」（日語發音：摩里沙卡，意即「森林茂密的山坡」）。全盛時期聚集了四、五百戶住家，是目前全國保存最完整的伐木基地，日式檜木建築群分佈園區，散發濃郁的林業文化氣息。

　　隨著1991年全面禁伐天然林的政策實施後，林田山的風華歲月走入歷史。目前，農業部林業及自然保育署正全力營造「林田山林業文化園區」，讓摩里沙卡昔日風華再現。　　　　　　　　　　　　（2024年3月6日）

慶修院側記[*1]

手水洗滌塵垢[*2]

百度誠敬向佛[*3]

這區區幾畝地

竟蘊藏八十八箇所的真言[*4]

四國遍路的縮影[*5]

在吉野布教所石佛的慈眉善目中

依序八十八番巡禮參拜

起靈山，迄大窪 [6][7]

引領朝聖者開般若之門

通往空海冥想的金剛界 [8]

祈福在此，結願在此

不動明王在此，百年的開悟 [9]

發菩提心，斷惡修善

波羅叉樹也在此，護佑眾生 *10

秉性繁衍，喜樂無憂

這區區幾畝地

渡劫解厄，佛緣廣披

摒除世俗恩怨的羈絆

跨越歷史情仇的藩籬

光明真言呀，何止百萬遍 *11

在東密的潛修中 *12

在世代永續的傳承裡

> **附註**

*1. 慶修院：位於花蓮縣吉安鄉。西元 1917 年日治時期，由日本人川端滿二創立，原名「真言宗吉野布教所」，是高野山金剛峰寺的海外別院，乃為了以宗教力量撫慰移民思鄉之情而建。西元 1945 年改名為「慶修院」，是台灣現存最完整的日式寺院，帶有濃厚的江戶風格。西元 1997 年公告為花蓮縣定三級古蹟。

*2. 手水舍：日本寺院之前，為民眾參拜祈福前潔淨身、心、意之所。

*3. 百度石：日本寺院的基石，由此出發赴主殿參拜，往返百次方為圓滿。

*4. 八十八箇所：對日本四國島境內 88 處與弘法大師有淵源的靈場（寺院）之合稱。

*5. 四國遍路：日本佛教眞言宗的一種修行方式，以順時鐘方向，依序參拜四國境內 88 所佛寺，或稱四國巡禮，全程 1460 公里。

*6. 靈山寺：位於德島縣鳴門市，是四國遍路的第一番札所，又稱「發願之寺」。

*7. 大窪寺：位於香川縣與德島縣交界處，是四國朝聖最後一個寺院──第 88 番札所，又稱「結願之寺」。

*8. 空海：西元 774 年出生於四國讚岐，國多度郡，屛風浦，即今香川縣善通寺市，俗名佐伯眞魚，日本佛教僧侶、書法家，爲唐代日本留學僧，師學西安靑龍寺惠果門下，獲傳承付法第一人，受賜法號遍照金剛，是日本密教眞言宗的開山祖師。西元 835 年於和歌山縣高野山圓寂，諡號「弘法大師」。

*9. 不動明王：日本密教極具代表性的本尊。其誓願爲「見我身者發菩提心，聞我名者斷惡修善，聞我法者得大智能，知我心者即身成佛」。

*10. 波羅叉樹：又名「無憂樹」，據佛經記載，佛祖誕生於波羅叉樹下。

*11. 「光明眞言百萬遍」石碑：聽說，以前的人生病了，到此膜拜，祈求袪除病厄，雙手合什，跟著住持或布教師，口唸「南無大師遍照金剛」，並繞行石碑 108 遍，病情因而痊癒。「光明眞言」是東密眞言宗最根本大咒，密教行者要唸一百萬遍是最基本要求。

*12. 東密：西元 816 年，空海於高野山創立金剛峰寺道場，稱之爲「日本佛教眞言宗」。西元 823 年，嵯峨天皇將京都的東寺賜予空海，爲區別最澄大師所傳天台密宗（台密），眞言密宗取東寺之名而稱「東密」。（2024 年 3 月 26 日於花蓮）

豐田移民村[*1]

從歷史廊道折射的光
穿過塵封的記憶,穿過鳥居
照在筆直的表參道上
我看見,渡海屯墾的移民
一步步履踐篤實的信仰
在不動明王尊前
以赤誠奉獻的心許諾
決意將貧瘠的荒地
開拓成豐饒的良田

我看見,勤奮的足跡
沿著鯉魚尾前進[*2]
踏遍知亞干溪北側的土地[*3]
墾殖耕織,夜以繼日
六百甲的莊園哪
奉納的石燈籠點亮
泥竹牆裡外的光明[*4]

我也看見，歷史印記爬梳後

街廓頹圮的容貌

依稀殘留哀怨的傷疤

田原哭牆指痕的心酸 *5

香月家族墓碑的血淚 *6

層層疊疊在棋盤的阡陌間

淹沒在時間的洪流裡

移民指導所猶在，警察廳舍猶在 *7*8

劍道館前的百年老榕 *9

落地生根的鄉愁猶在

在灣生淚光裡，一再浮現 *10

被遣返的童年夢斷

唯有神社前那對狛犬

仍然默默守候，仍然

忠心護衛著歷盡滄桑的豐田

/卷一 文學的足跡/

附註

*1. **豐田移民村**：日治時期，台灣總督府在花、東一帶進行大規模的「移民政策」，移民大多來自日本四國農村地區。豐田移民村始於大正2年（1913年），是第二個官營移民村，位於知亞干溪出山口北側。至大正6年（1917年），住戶約180戶，人口912人，灌溉耕地600甲。村中聚落分為：大平（今豐坪村）、山下（今豐山村）、中里和森本（今豐裡村）。村內道路設計成寬敞有序的棋盤狀，村內設有移民指導所、警察廳舍、醫療所、神社、布教所以及小學校。豐田移民村是目前保存較良好的一處。

*2. **鯉魚尾**：豐田村的舊地名。

*3. **知亞干溪**：即今壽豐溪。

*4. **泥竹牆**：移民初期，房舍屋身室內以竹編泥牆，外抹石灰，牆面外壁則以魚鱗木板方式構築。

*5. **哭牆**：位於豐坪村東坪街上，這處斷垣殘壁，只剩下看起來即將崩塌毀壞的牆，但它卻記錄了一段相當心酸的往事。1998年間，一位日本老太太回到豐坪村尋根，滄海桑田，事過境遷，舊時街景已完全變了樣。在村民陪同安慰下，經過很久才找到了童年成長的

家。當她看到斑駁的牆上，已模糊幾乎難以辨認的兩個字「田原」時，終於悲從中來，難忍哀傷，扶牆掩面而泣。她擦乾眼淚，娓娓述說故事的由來。原來，當年母親懷孕時，父親非常高興並擴建房舍，但是母親卻因難產過世，父親在悲痛之餘，用手指在未乾的水泥牆上寫下家族姓氏「田原」兩個字，來紀念過世的母親。後來，村民就將這面牆叫作「哭牆」。

*6. **香月家族墓碑**：位於豐裡國小西側對面的小巷內，在廢棄的廣島式菸樓南邊，有一座建於日治時期的墓園，戰後日本人陸續被遣返，這座墓園成了廢墟。民國98年，在地方文史團隊的努力及獲得地主同意下，這片墓園重新規劃為一座紀念公園。除了保存下來正面刻有「俱會一處」的松林家族墓碑外，另有一座香月家族墓碑，墓碑側面刻寫著8位家族成員的姓名，最小的才1歲。可見開墾初期，水土不服，再加上天災不斷，傳染病肆虐，移民生活異常艱辛困頓。

*7. **移民指導所**：為移民村的行政中樞。戰後作為豐裡國小輔導教室。民國102年1月31日，依文化資產保存法公告登錄為花蓮縣歷史建築。

*8. **警察廳舍**：豐田移民村警察廳舍原名為「豐田警察官吏派出所」。民國79年，經文建會補助社區空間改造計畫改建成「壽豐鄉文史館」，由壽豐鄉牛犁社區交流協會進駐。民國100年改為「壽豐鄉客家生活館」。

*9. **劍道館**：現今為豐裡國小禮堂，外有百年老榕樹，是當年小學生的童年記憶。

*10. **灣生**：日治時期出生於台灣的日本人。那一群在豐田成長的日本人，在日本成立了「日本全國豐田會」，每年5、6月間，會專程組團回到豐田，返鄉來看看自己出生的地方，回味童年的美好時光。（2024年5月22日）

文學的足跡

初春，小坑溪流水潺潺
蜿蜒曲折在錯落的魚梯間
順勢且隨遇而安
很有哲理的味道
魚群洄游逆泅
自有生命的挑戰與豁達
每一次轉折都是進階
在抑揚頓挫中浮沉跌宕

我沿步道拄杖徐行
嘗試推敲標點符號的真諦
在閱讀與省悟間
想必是四季的輪迴吧
從新芽吐蕊到枯葉飄零
花開花謝的故事
在小坑溪畔週而復始
藉魚群流水，娓娓道來

我反覆思索，許願
用哲學的心思
走美學的路
留下文學的足跡

【後記】

　　小坑溪文學步道，位於政大附近，是一條由標點符號裝置藝術的步道，充滿文學韻味和多元生態，頗發人省思。　　　　　　　　　　（2024 年 2 月 14 日）

將軍府・1936

那襲素雅潔淨的和服腰帶
款款攬著河階台地
美崙溪出海口的營舍
黑燻瓦下的時光迴廊
飄散著昭和時期的懷舊風情
山海紋樣層層疊套
老樹錯落的庭園

這是個地方創生
重新賦予生命的聚落
黑瓦白牆迤邐堤岸
圈護著復古街景
沒有將軍，沒有大佐
只有旅人隨興散策
在秋蟬爭鳴的午後
在月光如水的夜晚
體驗穿越時空漫遊京都的夢

【後記】

　　「將軍府‧1936」園區，是位於花蓮市美崙溪出海口北岸的日式木造建築群，完工於西元 1936 年，曾經是日治時期花蓮港分屯大隊軍官的住所，其中最有名的是「中村大佐」。而「將軍府」名稱的由來是，二戰後，兵工學校少將司令居住於此，因而命名。

　　西元 2017 年 8 月，由文化部的再造歷史現場計劃，和花蓮縣政府的支持下開始修繕，結合美崙溪護岸整治工程，歷經近四年才完成。總計修復八棟古蹟建築（其中一棟為縣定古蹟，七棟為歷史建築），還包括夜間照明、植栽、步道、小橋流水等設施，頗有日式庭園的氛圍，彷彿漫步在日本京都。

　　「將軍府‧1936」園區的營運，由台灣地方創生基金會的地方創生夥伴進駐管理，打造成藝文聚落，融合了文化資源教育、戶外展演、娛樂與美食餐飲，提供了一條完整的藝文休閒廊道。　　　（2024 年 10 月 8 日）

碧血緋櫻　｜　1902・人止關之役

孤絕的峭壁，冷冽的流水
眉溪鑿切過隘口
載著百年前的族群恩怨
向埔里盆地流去
緋寒櫻染紅的峽谷
岩戶橋前血跡已淡
只留下人止關供人憑弔

那年，山林的天籟逐漸變調
猜疑的風拂過紋面的臉
在族人的獵場迴盪
當隘勇線向霧社推進
衝突與殺戮是不可避免的

那是誰在祖靈召喚下
站上隘口的峰頂
啊，瓦力斯・布尼振臂呼嘯
居高臨下，瞰制天險

多岸和西坡在北邊協防
巴蘭力守南側山稜線
槍聲乍響,鳥獸紛紛走散
暮春的花瓣飄落寂靜的河床

這浴血的戰役
隨落日餘暉,冷冷
隱沒在深壑陡峭的砂岩裡
敗則徐謀,勝又何安
風雲詭譎三十年
人止關始終沉默不語
任眉溪日夜吟唱的歌聲
撫平糾葛的仇恨
流向寬恕和解的大地

【後記】

「人止關」是埔里進入霧社必經的隘口,位於今大觀橋(岩戶橋)與仁愛橋(櫻木橋)之間。

西元 1902 年 4 月 29 日,日本警務人員欲進入賽德克族霧社群領域內踏勘,遭族人圍困,警務人員向守備隊求援,由人數約百餘名守備隊員接戰。

當時,和守備隊交戰的賽德克族,是散居在人止關兩側峭壁和山腹緩坡地帶上的多岸(Tongan)、西坡(Sipo)、巴蘭(Paran)三個部落,人數約二百餘人。多岸、西坡協防北岸高地,巴蘭社族人則固守南側山稜線。雙方上午 11 時正面交火,互有傷亡,最後,日本守備隊敗退。

此次戰役是霧社群首次與日方發生大規模衝突。這次戰役,有一個人物不能不提及,他就是巴蘭社的總頭目瓦力斯・布尼(Walis Buni)。在大家不斷突顯莫那·魯道的英雄事蹟時,瓦力斯・布尼幾乎成為被遺忘的無名英雄。

瓦力斯・布尼帶領巴蘭社參與人止關之役,但在霧社事件(1930 年 10 月 27 日)時,並不主張以武力對抗日本,所以沒有參與起事。

霧社事件發生後,如果沒有瓦力斯・布尼極力向日方斡旋,讓日方將參戰的六個部落遺族遷移住在川中島的

話,起事族人的家屬,恐怕連一線生機都沒有。瓦力斯‧布尼的歷史抉擇,選擇殺戮與毀滅外的另一條路,對餘生者而言,意義尤其重大。

「賽德克‧巴萊」電影中有兩個情節與史實有些出入,略述如下:

1.「人止關之役」是由巴蘭、多岸、西坡這三個部落,以傳統協防關係來對抗入侵者。而馬赫坡社位在今仁愛鄉廬山溫泉上方台地,是霧社群中最靠內山的部落,距離人止關相當遙遠,也就未及參與此役,那麼,當時才二十二歲的莫那‧魯道(1880年5月21日—1930年11月5日),當然就不可能出現在人止關之役的歷史現場了。不過,周婉窈教授在一次座談會中提及,如果馬赫坡社地理位置靠近巴蘭,她相信馬赫坡社也會參與人止關之役。因此,電影的改編是可以接受的。

2. 此外,從日方文獻的描述,傷亡的日軍皆係槍傷,並無電影中刻意突顯的遭巨石滾落壓傷,甚至砸死的記錄。所以,電影中族人一起鬆開預先埋好的巨石,從懸崖峭壁傾卸而下的那一幕壯觀場景,也應該是電影劇情安排的視覺特效吧。

當然,藝術並不必完全吻合史實,藝術是一種創作,想像力可以無止境的揮灑奔馳,去主觀詮釋生命的各種可能。　　　　　　　　　　（2024年10月29日）

（本文參考吳俊瑩老師「1902‧人止關之役」一文）

豐富的心

車過不停,歷史的軌跡仍在
那從月台延伸出去的
是遙遠的過去
塵封的不止是斑駁的歲月
老樹逐漸凋零……

物華畢竟多陳謝
開始反省的無非是
貧瘠的村落,消失的鄉情
在擂茶造街之前
老樹卻又站起來了
失落的記憶剛剛喚醒
寂寞地等待補妝、彩繪

雖然,那從月台延伸出去的
是不可預知的未來
容我把陽光留下
把風雨留下

把泥土的芬芳留下
容我栽植卑微的夢
在豐饒與富庶之間

我相信,蝶翼之翩舞
亦可以改變風的方向
而款款牽掛著的,原來是
綠色的海洋裡
波濤洶湧中起伏的生命
以及,荒蕪的車站
無限悲憫無限豐富的心

【後記】

記大和火車站美術館,與大豐、大富兩村「擂茶造街」藝術活動。　　　　　　　　　（1999 年 8 月）

眠月神木

皎潔的月光灑在
琴山河合博士旌功碑上
那是曾經陪伴鉿太郎築夢的月吧
宛如懷念著舊日情誼
夜夜流連不去

想當年，博士遠從東京來
一介書生，僕僕風塵
披荊斬棘探尋原始秘境
在巖崖澗壑中懸命涉水攀爬
入瘴癘之域，登險巇之巔
踏勘的步履匆匆
如禽鳥來回飛繞
似走獸上下奔馳
風餐露宿於荒野
倚三千年參天巨木遮蔽風寒
席地而臥，枕石而眠

出岫的月高懸在樹梢
撩捾博士疲憊的身軀
緩緩閉上困倦的雙眼
周遭一片靜謐
唯蟲聲唧唧，隱約
聽到石鼓盤溪流水潺潺
彷彿和樹靈囈語對話：
「這是山神的領地，
祂以千年巨木將你護衛在懷裡，
讓柔美的月光撫慰你，
伴你一夜好眠⋯⋯。」

【後記】

在河合鈰太郎博士逝世94週年忌日前夕，我寫下此詩，以「攄懷舊之蓄念，發思古之幽情」。

河合鈰太郎（1865年6月15日—1931年3月14日），1890年畢業於日本帝國大學森林學科，1897年赴德國與奧地利留學，研究西方國家的森林發展與管理系統，1899年取得博士學位，是日本首位林學博士。

1903年返回東京帝國大學擔任教授，旋即在台灣總督府民政長官後藤新平邀請下，河合鈰太郎開始進行阿里山林業資源的調查，發現此地帶的森林資源蘊藏豐富，而且木材品質優良，極具開發潛力，便倡議興建阿里山登山鐵道，方便運輸木材資源，直到1914年止，前後五度來台親自到阿里山實地踏勘，被後人稱為「阿里山開發之父」。

據傳，1906年河合鈰太郎至石鼓盤溪流域考察，目睹千年古木參天，當晚就在樹旁大石上露宿，看到明月出岫，皎潔的月光分外美麗，徹夜無法入眠，遂取名「眠月」。眠月神木樹種為紅檜，樹高48公尺，樹圍17.8公尺，樹齡估計約3500年。

河合鈰太郎逝世後，其門生和友人於1933年2月在阿里山上豎立了「琴山河合博士旌功碑」，琴山是河合的

雅號，因此有「琴山河合」的稱謂，旌功碑正面九個字是由京都帝國大學教授，也是非常有名的哲學大師西田幾多郎揮毫題字，以表彰河合博士對阿里山的重大貢獻。

（2025 年 3 月 9 日）

卷二 航向愛爾蘭

沒有國籍的島

航向愛爾蘭

全世界的人必然從睡夢中驚醒
在這春寒料峭的夜
我們披衣起身,走向中庭
從人類共同悲劇的中心走出來
以無比沉重的心情默視整個夜空
所有黑暗的區域,那幾乎為歷史
為陽光與愛所遺忘的邊區
在我們虔誠的仰望下
啊鮑比‧桑芝
我們再也找不到那顆明亮而憂鬱的星座
那顆為愛與自由,驟然滑離
生命軌道的年輕星座
我們緊衣踱步,抵禦春寒

黑雲稠密地壓在天主教區的塔頂
我好像聽到上帝痛苦的呻吟
在梅茲監獄的牆外
彷彿進行著永無休止的紛爭

/卷二 航向愛爾蘭/

永無休止的憤怒、抗議與受挫
在生與死高大的牆裡牆外
一切不名譽的迫害進行著
在偽善者蓄意佈置的假面下
啊生命是那麼無助
我好像聽到上帝痛苦的呻吟
在梅茲監獄的牆外

我們緊衣踱步，並且默視
整個夜空所有黑暗的區域
找那顆明亮而憂鬱的星像找憂鬱的自己
啊鮑比‧桑芝，作為一顆漂泊的星
而終要殞落，又如何在乎流浪的過程
如何在乎人世的褒貶與歷史的評價
只是呀，鮑比‧桑芝
在病菌麇集的溫床我們如何免疫
如何從黑暗無望的時空去努力建立
一種理性的新秩序

我好像聽到上帝痛苦的呻吟
在整個北愛爾蘭的天主教區
我好像聽到，啊麥卡里斯基

那是我們的島民,我們無辜的同胞
在梅茲監獄的牆外
他們在瘋狂地奔跑叫喊,尖銳的哭聲
夾雜一些燒夷彈的爆破聲
偶而還有物事毀棄的聲響
以及寂寞的祈禱聲
在濃霧的伯爾發斯特街頭
我們的同胞在遊行示威
我們無辜的同胞在濃霧的街頭遊行示威
並且流愛爾蘭民族的血淚

當一切摸索與等待都成為泡影
當歷史淪落為空洞的文字
革命者的血淚是不可避免的
在愛恨交織下,鮑比‧桑芝
我們如何去幡然徹悟這個混亂的世局
在霜露凝重的黑夜,我們如何
如何去學了無凡心的僧人,在搖曳的燈前
平靜地守候黎明

　　我好像聽到上帝痛苦的呻吟
　　在我孤獨的木床邊

／卷二 航向愛爾蘭／

我手裡握的是教宗的金十字架

我心裡想的是上帝的抉擇

不管那是勇敢或者懦弱

或者只是無關痛癢的呻吟

我都要告訴你們

在絕食的牆內，上帝的呻吟聲中

麥卡里斯基，我要堅決地告訴你們

甚至我只能用微弱的呼吸來訴說一種無聲的語言

躺在冰涼的木床上

我心裡想的是你們

想的是草原上的風

風吹過約翰・馬克布萊的墳地

墳地上新生的酢醬草

酢醬草在春天開花的味道

──那不就是愛爾蘭嗎？

我努力抑制自己激烈起伏的心思

露出微笑，我要告訴你們

在聖・巴特里克的守護下

我們要耐心等待黎明的鐘聲

在黑暗過去之前，麥卡里斯基

正如你疾聲呼籲的：

「不要以暴力來報復死亡。」
我們要帶領我們所有的同胞
在苦難的愛爾蘭土地上墾殖、灌溉
種滿芬芳的酢醬草
然後跪下來吻她，並且祈禱

> 註釋

1. 鮑比・桑芝（B. Sands），愛爾蘭共和軍之一員。他於一九八一年三月一日開始絕食，要求英國政府改善獄政，英國政府拒絕讓步。四月九日在獄中被選為英國國會議員。五月五日凌晨一時十七分死於梅茲監獄，享年廿七歲。
2. 麥卡里斯基，愛爾蘭共和運動倡導人。在桑芝死後向全國呼籲：「不要以暴力來報復桑芝之死亡」。
3. 桑芝絕食期間，教宗保祿二世曾派代表至梅茲監獄，贈金十字架問候。
4. 約翰・馬克布萊（John MacBride），愛爾蘭革命志士，一九一六年起義失敗，為英軍處決。
5. 酢醬草（Shamrock），愛爾蘭國花。
6. 聖・巴特里克（Saint Patrick），愛爾蘭之守護神。每年三月十七日定為聖・巴特里克節。　　　　　　　　（1981 年 5 月於花蓮）

/卷二 航向愛爾蘭/

島嶼巡航 | 懷念吳潛誠教授

從礫石之地艱困生長的智慧
在文學院典雅的城堡裡
迅速繁衍，學人宿舍前的草坪
饒富學院風的樹已然成蔭

我看到教室外那廊柱，堅毅而挺拔
像極了你的身影鍥而不捨
在秋日餘暉中屹立，最後的巡禮
那是愛爾蘭史詩裡無所不在的魂魄
從災難中閱讀自己的身世
從屈辱裡尋找民族的良心
我知道，那是你風雨飄搖的身影回來
眷戀這裡的傷痕與詩篇
厚重的書籍以外
載浮載沉的島國命運
分別孤懸在兩大洲的邊陲
相同的航向，一樣宿命

你的身影回來，歷盡一生滄桑
我隱約聽到了你炙熱的心跳
那是島國不朽的樂章
意識的激辯，文學和政治的衝突
價值崩解後的沉澱與昇華
你那從綠色海岸無限延長的夢
從此啟航，你不會孤獨
而我肯定知道，你必然也不會愧疚
因為你堅守著畢生的志向
在愛爾蘭與台灣兩個島嶼間
來回巡航
超越生死，不再靠岸

【後記】

　　吳潛誠教授，畢生精研愛爾蘭文學，並以之與台灣極多的相似性，作一比較與思索，前後出版「航向愛爾蘭」、「島嶼巡航」等書，寓本土意識於文學評論中。曾於東華大學創校時任英美語文學系系主任三年。於十一月二日晚間辭世於台大醫院。吳教授在他的病房日記寫下：「死亡來臨時，不必覺得愧疚。」昂首不撓地走完他的一生。

（1999 年 11 月於花蓮）

一首詩的完成　｜　悼念楊牧老師

從海岸教室出發
越牆的繆思
以亭午之鷹的雄姿
展翅文學國度
跨越海洋，睥睨寰宇

夜裡，打字機前燈光明滅
映照你激越的心思起伏
你的字裡行間
流淌著孤寂
你的眼神，內斂剛毅
泛著生命的詠嘆

你以北斗引領方向
你用年輪刻劃不朽
大學湖畔飄落的書頁
孕育智慧與傳承
在季節的遞嬗裡萌芽

詩人，你那首島國愛戀的詩已完成

海洋壯闊，高山挺拔

鏗鏘的音步廻盪大地

浪漫、典雅、憐憫又敦厚

你是定位在文學星圖裡的永恆

將璀璨於人間

雋永且綿長

【後記】

　　3月13日下午，政大長廊詩社創社社長施至隆從新加坡傳來楊牧老師辭世的噩耗，震驚之餘，情緒一直糾結激盪難以平復。於是，立刻與施至隆和現居於台北木柵的長廊詩友陳家帶聯繫，約定17日一起去探望關心，但從友人處得知，因正值疫情蔓延，家屬低調處理，甚至不設靈堂，僅暫定疫情過後，舉辦一場追思音樂會。

　　經過幾日反覆回憶與構思，17日深夜在木柵寫下了這首「一首詩的完成」，借楊牧老師詩作的篇名，來緬懷悼念台灣現代文壇最耀眼的巨星殞落！

　　在這首詩裡，我刻意引用楊牧老師諸多著作的書名，以及單篇作品的篇名，嚐試融串意象，編織聯想，讓崇敬的心意延伸，讓哀思的情愫瀰漫，以略抒景仰孺慕於無限追憶中。　　　　　　（2020年3月17日於木柵）

伴你長眠 | 懷念楊牧老師

那是個威權崩解的年代
遊行、抗爭、絕食、衝突前仆後繼
面對殘酷無情的獨裁統治
政治犯是榮耀尊崇的罪
人權的桂冠
在監獄裡加冕
真理的實踐
在校園中辯證

有人問起
你以學術良心詮釋
旁敲側擊轉型的課題
你懸念公理正義
我醉心民主改革
教室和街頭的交集就是
島國的命運,那片
開遍野百合、太陽花的土地
曾經荒蕪破碎的家園

曾經挫折坎坷的路
我們淌血流汗，我們許願祈禱

詩人，你選擇山之巔、海之涯
獨自棲身奇萊山下
山川匯聚的河口
你放不下未竟的懸念
讓詩的魂魄繼續守望
故鄉的風土民情
等待每日黎明
曙光從海平面浮起
島國的希望

我把哀傷藏在心底
偽裝成山稜線上的蘆葦
在悽苦的追思中枯立
我確信，在你的墨瀋和足跡之後
會有更多奮起的力量
尋夢想前進
會有光與愛在信仰裡
默默撫慰傷痕

我們隨緣聚散

天地間匆匆來去

錯身已是雲煙

詩人，我將懷念你的詩句

私下寫進泥土裡

讓悲喜無常化作四季的天籟

和著太平洋孤寂的濤聲

伴你長眠

【後記】

　　這首詩是 2020 年 9 月 23 日東華大學楊牧文學講座主辦的座談會中，我朗誦的一首詩，以表達無限感懷與追思之意。

（2020 年 9 月於花蓮）

/卷二 航向愛爾蘭/

芬蘭頌

驚蟄的鼓聲輕輕敲開序幕
流動的風在鋼管穿梭
像一串串山谷百合昂首天際
彼此依偎著傳遞春天的訊息
那是生命的音符
在西貝流士的頌詩中雀躍
在人民的血液裡奔騰
終於迸裂出新芽
醒來吧！芬蘭
革命的烈火在雪地裡燃燒

曾經，我們顛沛流離
曾經，我們在暗夜裡哭泣
流下的淚水
滋潤著祖國獨立的夢
醒來吧！芬蘭
推翻沙皇統治的律典
解脫枷鎖，迎向自由

讓愛國情操隨磅礴的旋律宣洩

激越的民族意識

在交響詩裡共鳴，我們

團結，為了實踐祖國獨立的夢

奮起吧！芬蘭

讓我們攜手在革命的行列中前進

【後記】

　　西元 2013 年 6 月 21 日，我隨訪問團參訪芬蘭首都赫爾辛基，在西貝流士公園留下深刻的印象。

　　西貝流士（Jean Sibelius，西元 1865-1957）是芬蘭最偉大的作曲家，他於 1899 年所創作的「芬蘭頌」（Finlandia）是其代表作，在俄羅斯沙皇尼古拉二世異族統治下，運用氣勢磅礴的旋律喚醒芬蘭人民的愛國情操，終於在西元 1917 年宣佈獨立。

　　芬蘭的國花鈴蘭（學名：Convallaria Majalis），英語為 Lily of the Valley，又稱作「山谷百合」。

（2013 年 6 月 21 日於芬蘭赫爾辛基）

／卷二 航向愛爾蘭／

卷三 沒有國籍的島

我看見一個浮動的世界

相對於更迭的時序,我們僅能默默跟隨
一種輪迴的喜悅與哀傷
相對於愛,我們都將沉溺
沉溺於追尋光影投合的剎那
從陷落的泥土
我看見一個浮動的世界
正好繫在痛苦與歡愉的兩岸
在兩岸間顫顫然盪開、盪開……

我看見,從教堂尖頂飛落的鐘聲
也有紊亂詭譎的音色
雜在天使們斷折的羽翼上
飛落祈禱以及被祈禱的人群——
在徬徨的年代,脆弱的生命
躲在時間黑暗的角落
始終困惑不解於禱詞的真諦
在歷史巍然龐大的身軀底下
我們竟找不到顛撲不破的真理

/卷三 沒有國籍的島/

找不到自己,甚至找不到
可以依恃、可以咒罵的神
我們僅能茫然反顧
或者以疑懼的眼光相互注視
抬頭,天空有一張密織的網
不很像愛的網,在我們慌張的注視中
定定地掛在那裡

春天,在低壓的城市
從眾多虛偽迂腐的面孔間隙,我看見
清楚看見關於泥香的誘惑
已然從封閉的土地上迸裂芬芳
在權勢的背面不斷閃亮、發光
我看見,驚蟄的信息迅速流傳開來
以及純樸無邪的芸芸眾生
跪在龜裂的大地上頂禮膜拜
彷彿禁錮的蓓蕾奮力掙扎於雨夜
為了迎接初陽──

而跋扈的肉食者把春天關進大牢
漠不關心地說：「神愛世人。」

相對於巍峨的歷史，我們沉默思索
光榮、偉大與乎不朽
我們如何去選擇一種死亡的方式
以無比愛的力量去虔敬選擇
未受任何罪惡浸染的一方碑石
並且將之豎立在歷史的中央
如是，我恍然悟見一面預言的魔鏡
清楚照現大化運行的規模

（1980年3月於花蓮）

沒有國籍的島

被困居在沒有國籍的島
忍受歷史循環的夢魘,流亡
挫折與墮落,那些困難舉證的罪
如影隨形,烙印在每一次更迭的朝代
我的名字一再塗改,羞於見人

凡與血緣有關的,就是衝突
凡與泥土有關的,就是戰爭
凡與生存有關的,只剩下週而復始
日漸遲疑日漸消沉的意志
以及,嚴重屈辱下
無論如何也拼湊不完整的靈魂

有人提起沒有國籍的島
以不屑的口吻誣衊,以虛妄的理由
褻瀆自己曖昧不明的身分
飽經風霜之後,猛然
你會發現,在類殖民地的世界裡
謊言才是真理　　　　　（1999年12月於花蓮）

戰爭算不算是一種宗教

戰爭算不算是一種宗教
用死亡祈禱,用偉大而空洞的圖騰
蠱惑浪漫的心靈
引爆無從宣洩的歷史積怨
通過意志的鍛鍊,時間的淬礪
彷彿一把憤怒的劍
犀利且果決地宣示領土與主權
在不可侵犯的疆域
有人頂禮膜拜,有人飛身
撲向挑逗的烈火,化作民族的守護神

然則死亡算不算是一種儀式
不可避免地在戰爭中
悲壯或者淒美,或者
僅僅以落葉之姿
無聲無息地進行著

（1999年12月於花蓮）

/卷三 沒有國籍的島/

在不確定名份的國度

幾乎所有的生命不免惴慄難安——
成群的老鼠暴斃在斑馬線上
一對蟑螂躲在結婚證書裡產卵
驚慌的鯨豚撞沉漁船
白鴿的羽毛在戰機的引擎內飛翔
熊貓宣佈改吃麥當勞
昨天的薯條藏在抽屜裡生長
電動玩具店內遺失了青春二分之一
地球仍然由西向東自轉

飛彈的射程,是否包括股票市場
徹夜排隊的移民潮
甚至總統府塔樓的避雷針
以及最後一根稻草?
官員們和財團習慣在高爾夫球場
密商政治獻金與工程弊端
替治安背書的內閣午睡去了
遭幫派佔領的城市沒有法庭

我站在教堂等候所有人犯懺悔
喔,他們可能下輩子才會告解

在不確定名份的國度
信心是無根的,風吹草動
伴隨一再割讓的版圖遷徙流離
我委實猶豫了良久,進退失據此刻
在天平兩端傾斜不定的世界裡
在層次模糊的困惑中,心虛
自責於體弱多病的政黨政治垂危旦夕
而我又如何憑一己棉薄之力
維持短暫且虛構的和平?

　　　　　　　　　　　（1999年12月於花蓮）

/卷三 沒有國籍的島/

我在尋找一座森林

我在跌盪的陽光中間找尋
一座森林。夏天的貯木場
生銹的纜索癱在集材鐵道的兩側
燥熱的空氣走下來，進入七月
七月最懶散的睡眠
我看見一大片沒有樹蔭的森林
在炎炎的烈日下喘氣
——這不是海拔三千的背風面
不安的只是伐木工人的鋸齒

在陽光紛沓的夏天
我來回踱躞於針一級原木堆裡
從參差的年輪想像
森林成長的歲月，啊那歲月
也有苦難和歡愉
也有血和淚，從參差的年輪
我彷彿看見海拔三千的風風雨雨
在巨大的斧口下倒了下來

一座鬱鬱蒼蒼的黑森林

七月，悶雷的七月
燥熱不安激烈得像火一般燃燒
從鋸齒粼粼的傷口
我企圖讀出森林原始的面貌
在紛沓跌盪的陽光中間
沒有樹蔭的森林是比枕木還無奈的
疲憊地躺進懶散的睡眠裡
聽我踱躞不去的腳步聲
聽灰燼遠遠的催眠

而我從睡眠的背後醒來
努力認知孕殖於夢中的森林
啊我看見了光的流轉，血液的流轉
從紅檜扁柏參差的年輪不斷昇起
昇起繁密的枝葉
一座鬱鬱蒼蒼的黑森林

/卷三 沒有國籍的島/

風雨不去,鳥聲不去
那是一座海拔三千的風風雨雨
從灰燼中赫然站立了起來

　　　　　　　　（1980年7月於花蓮）

想像中的春天

我想像,春天終於越過禁忌的海岸線
以肥美的雨向廣袤的大地散開
生命的意義,彷彿所有的森林
都在快速成長,所有的天空都在飛翔
那些熱情舞踊的影子,我想像
春天終於落在祖先遺留下來的家園
並且把風吹成暖暖的愛
讓全世界的沉睡者都醒來

(1980年4月於花蓮)

美麗的王國 | 春天的變奏曲1

我們也許會有一個美麗的王國

當春天來臨的時候

許多繽紛的花朵,我們會有

一個不知道是不是夢幻的夢

在許多花蕊花瓣花粉散佈的空氣中

在春天美麗又多疑的假面下

飄浮著七彩的虹

啊,虹般的誘惑,我們也許

會有一個美麗的王國

我們也許會有千萬顆晶瑩的雨露
當春天來臨的時候
一起降落在王國的中央，我們會有
淺淺的草，我們會有禾苗
會有蛙鳴的禾苗在日夜生長
在風鈴的窗外生長
啊，會有千萬顆晶瑩的雨露
彈唱出生命的喜悅，我們也許
會有一大片金黃金黃的稻香

　　　　　　　　　　（1981年3月於花蓮）

蛙鳴 | 春天的變奏曲2

深夜的水田,有著一些
孤寂的樂章在鳴響
那是三月等待四月的聲音
蘋果香在記憶裡釀成叛逆的血型
在蛙鳴斷續的燈前
如果你有一首寂寞的歌
何妨,何妨讓我為你輕輕地和

(1981年3月於花蓮)

比翼的鳥 | 春天的變奏曲3

我開始懷疑距離的意義
或者季節的遞嬗與年代的推移
在超越與不能超越之間
彷彿存在著太多共同的悲戚

會不會是夢與現實的鴻溝
令偏激傲慢的我也屈膝
在我萬般設想之外
有著不可超越的距離？

我開始懷疑誇張的生命
為不實、浮華、瑣碎所佔領
時間多麼像夜空流失的星
只能隱約望見它消逝的背影

而我的軀體始終奔騰著叛逆的血液
那是更甚於核子的威力
我要把生命炸成繽紛的花朵

/卷三 沒有國籍的島/

對著無邊無際的大地散落

我要的是北溫帶永遠的春天
我要的生命比什麼都周延
要有愛的前提,愛的推論,愛的結局
在日昇或者日落之前

短暫的青春應該像絢爛的焰苗
像焰苗轉換成比翼的鳥
我要牠雙雙飛進甜美的夢
或者寧靜又寧靜的島

(1981年4月於花蓮)

麗水 ｜ 春天的變奏曲4

讓我將你湛藍的雙眸比作麗水
我願投身在你的波心，並且沉醉
我願化作一枝幸運的水草
永遠纏綿在你溫柔的懷抱

讓我將你比作錢塘洶湧的浪
我願是你身後包羅萬象的大洋
我要把你帶上生命的最高潮
叫你數不清愛的雨點有多少

啊讓我輕輕為你開啟靈魂的天窗
叫陽光進來，永遠在你身旁
我還要為你寫一千首春天的詩
它有輕快的節奏、優美的音步
讓你快快樂樂地朗頌
並且忘掉一切痛苦

（1981年4月於花蓮）

揉皺的地圖　｜　記九二一集集大地震

時間停格於子夜，一點四十七
我看到一張揉皺的地圖
突然顛躓掀起，又迅即
癱瘓在歪斜的地平線上
山稜走位，河床隆起
迷失地標，沒有顏色
驚悸與哀嚎的城鎮垮了
宛如頹廢的積木傾倒在掩埋場
嚴重失序的是生命
無助地躺在瓦礫堆裡呻吟

孤寂的星接連殞落
黑暗獨霸四方，我依稀看到
縮在擠壓縫隙中蜷曲的生命
匍匐摸索最後的光
床與墳的距離該有多遠？
我們始終無知，甚且宿命
當悲劇驟然降臨子夜

是否還有黎明可以等待
生死那麼貼近
永遠比鄰，不容選擇

我曾經為我的懦弱偷偷告解
卻無助於療傷止痛
月光還是照著一張張哀怨的臉
照著疲憊的身軀
照著乾涸的血漬，冷冷地
照著傷口，永遠塌陷的心靈
──那張揉皺的地圖
再也燙不平了

所有的悲傷順著淚水緩緩流下
所有的呼喚深藏心底
消失的名字，永隨災難
停格於世紀末破碎的記憶
而我們卻還活著，仍然住在斷層

仍然渺小,仍然恐懼

仍然日以繼夜聽天由命

(1999年9月於花蓮)

卷四

從時間的盡頭回來

沒有國籍的島

從時間的盡頭回來

之1・無悔・

　　曾經，他們相濡以沫
　　以革命者沸騰的血和青春
　　以自由主義的肉體
　　攀越腐朽的牆，並且
　　倉皇躲過猜忌的夜風聲鶴唳
　　獸之困頓，蛇之萎靡
　　並且以破繭之姿，以榮耀的罪
　　從容遊走統治者的法律邊緣
　　他們執著以島嶼唯一假設
　　建構彼此虔誠的信仰
　　用海洋的脈動感應
　　用同膚色的語言交談
　　果之於樹，礦之於石
　　他們始終相濡以沫，憑藉著
　　單一色系的
　　思想
　　無怨無悔

之2・迷惑・

但是,來自天國的祝福變調了嗎?
純潔無瑕的音符戛然止於鏽蝕的銅鎖
斷翼的天使紛紛退居幕後
夭折的花瓣散落一地
正好鋪成政客們晉階的紅氈
他們衣著光鮮體面,周旋於朝野
顧廟堂而言不及義
卻又汲汲營營,圓滑應對
彷彿蜂蝶流連於等待臨幸的花叢
禁不住的誘惑……
所謂正義,意指
抗爭於野,貪祿於朝;所謂
信仰,在沽名釣譽之外
應該還有深沉晦澀的力量;
而所謂人性,只剩下顛覆與瓦解。
我終於木訥無言,漸行漸遠
那來自天國的祝福變調了嗎?

之3 ·淡然·

終於有了倦怠的感覺
當創造與毀滅都成為歷史的一部份
我只瞥見一縷煙自鏡面昇起
迅速散入無常的輪迴,永遠的
塵土。我信手翻開桌上的書頁
從文字裡尋找人類共同的悲喜苦樂
無可遁逃的是倏忽開落的生命
亙古不變的主題,我從時間的盡頭
回來,見證榮枯毀譽的真諦
像一縷煙,在迎拒的猶豫中
在詭譎辨證的陷阱裡
悄然繞過指間的縫隙
一切歸於平靜……
我闔上書頁,瞑目默想
終於了然於胸,我匆匆回來
從時間的盡頭回來
我終將回去
在不可逆知的虛無裡

(1999年10月於花蓮)

再訪開基武廟有感

我,被移駕渡黑水溝
落籍府城後甲逾三百五十年
歷代興衰,緣起緣滅
我都了然於胸
無論王公貴族販夫走卒
神庥福澤一應天理
求籤問卜,心誠則靈
但凡鬻官爭權者,不在庇佑之列

想當年,敗走麥城,命絕臨沮
頭可斷血可流
敗軍之將無以言勇
唯忠義浩然正氣耳
今日卻宵小橫行
盜我的名,欺世媚俗
詐術謊言瀰漫市井
牛鬼蛇神竊佔廟堂

神龕上我丹鳳眼臥蠶眉，凜然

捋鬚俯瞰世間眾生相

街坊喧囂，人群熙攘

我都看得清楚

因果報應，輪迴不過三代

我立規矩在楹聯上

暮鼓晨鐘警醒世人

詭詐奸刁者三跪九叩無益

瀟灑磊落之士，停驂默禱

入廟不拜又何妨

【後記】

　　位於台南市「祀典武廟」、「大天后宮」東南邊，新美街巷弄內的「開基武廟」，格局不大，卻是台灣第一座「關帝廳」。

據傳,「開基武廟」建於 1669 年明鄭時期,由於地處後甲,俗稱「後甲關帝廳」。1985 年曾被列為第三級古蹟,今日廟前左側可見到「開基武廟正殿三級古蹟」的石碑。

　　正殿神龕兩側木柱有一副楹聯:「入此廟當要出此廟,莫混帳磕了頭去;拜斯人便思學斯人,須仔細捫著心來。」提醒惕勵世人入廟參拜應具誠心。

　　後殿廟門外兩側更有一對對聯,非常醒目,寫著:「詭詐奸刁到廟傾誠何益,公平正直入門不拜無妨。」更直白警示世人應以忠義為念,切勿貪婪奸佞,淪為邪惡小人。

(2024 年 6 月 25 日)

前進總統府

我們是從小力爭上游的魚
在擁擠的水族箱,在面目全非
終年不斷改道的河床

我是立志登臨峰頂的僧侶
為了俯視世界,我是
造神時代的弄臣流落街頭
我是健忘的,尤其阿拉伯數字
我是貧窮的模範生
我們都力爭上游,夙夜匪懈

我們從歷史複製了美麗的說帖:
「以天下為己任」——
天下的苦難是我的十字架
天下的苦難是我的
天下是我的……

（1999年11月於花蓮）

／卷四 從時間的盡頭回來／

我是以天下為己任的王

我是以天下為己任的王
我的臣民熱情、盲目、為我瘋狂
我向來一諾千金，從不跳票
因為誠信可以累積財富，給我榮耀

我是以天下為己任的王
我的臣民靠我為他們追求夢想
他們喜歡我編撰美麗的謊言
因為他們的人生需要我不斷催眠

我的臣民相信我一生為建國鞠躬盡瘁
他們不喜歡實事求是，但選擇陶醉
這樣的人生哲學無可厚非
感謝神，為我創造了千載難逢的機會

我一直努力籌措建國基金的理想
基金匯海外不表示企圖流亡
我怎麼可以辜負臣民的信賴
沒有我和我的財富，這個國家彷彿就不存在

啊，原來權力可以不斷創造財富
這是赤貧時無法想像的魔術
我不斷揮動魔棒到處點石成金
四海之內莫非王土，誠然可信

我是以天下為己任的王
我的臣民歡呼、膜拜、為我瘋狂
我為他們建立一個貪婪的國度
而我是唯一的王，坐擁天下的財富

（2008年10月6日）

貪婪，在政治的血管裡流竄

那群禿鷹，成群結隊
在叢林與都會間梭巡狩獵
世襲的基因，嗜血成癖
他們嫻熟政商關係
寄生於權力陰暗的角落
在法條縫隙中鑽營
在燈紅酒綠裡交易
爾虞我詐，卻又道貌岸然
啊，原來變形的公理正義是
酒色財氣，厚黑無敵

那些耽溺於進步思維迷思裡的
羔羊，終日在醬缸裡
相濡以沫，天馬行空
自命清高是優雅的姿態
理想主義是誘惑的糖衣
讓貧瘠無依的心靈
崇拜陶醉，醞釀熱情

啊，原來進步思維也可以是
廉價的奢侈品
在民主改革的市場裡兜售

貪婪無形無色，無聲無息
在政治的血管裡流竄
唯利是圖者有之
沽名釣譽者有之
欺瞞、背叛、掠奪⋯⋯
假面下的人性啊
扭曲的世界虛無縹緲
人止關永遠無法攔下的貪婪
始終在政治的血管裡
到處流竄

【後記】

「貪婪，在政治的血管裡流竄」，是英國政壇上的一句名言。　　　　　　　　　　（2024 年 1 月 31 日）

卷五

收穫的季節

沒有國籍的島

果然

果然,陽光是南方的好
熱帶魚嬉鬧於珊瑚礁岩
鳥群高低在雨林和峰頂
孕育、繁殖是這季節
唯一勤勞的工作
有種慵懶的睡姿在午後醒來
只一翻身,又重疊進夢的影裡

果然,愛情是夜晚的好
宛如優美的女體,隱現
在月光浮沈而又多霧的海面
讓起落的濤聲掩飾著的
怦然心動的感覺
以若即若離的速度滑過肌膚
契合春天心跳的節奏

果然,生命是年輕的好
絢爛的故事,在春夏之交開放
像到處蔓延的火,渾然不覺
烙在生命的每一處傷口
在逐漸剝離殆盡之前
來得及留下一些苦澀與歡愉
那是一種恣意揮霍的想像
浮貼在冬日的窗口重複溫存

(1998年10月於花蓮)

所謂「愛情」

所謂「愛情」

像貂一樣狂戀

像蛇一樣纏綿

像夢一樣深邃

像火一樣燎原

（2015年5月於高雄）

收穫的季節

收穫的季節總是這樣的：

陽光是你們的，歌聲是你們的
親友間的話題也是你們的
整個秋天都停下來了
在教堂紅氈的前面列隊歡迎

鮮花是你們的，聖樂是你們的
天使合唱的頌詩也是你們的
整個秋天都停下來了
等你們進入佈置美好的洞房

美酒是你們的,紅燭是你們的
大地的天籟也是你們的
現在一切都將靜止
夢的羽翼輕輕覆蓋在軟床上

奶粉是你們的,搖籃是你們的
嬰兒的哭聲也是你們的
明年的秋天很快就到了
收穫的季節總是豐收的

啊,豐收也是你們的

(1981年10月於花蓮)

前世的約，今夜完成

給你一個淋漓盡致的夜
你會想念我嗎？
給你我唯一的全部
你會疼惜我嗎？
前世的約，今夜完成
——風雨交加之後
彼此甜蜜地淪陷或者佔領

（2000年4月於花蓮）

加利利海

我可以在妳的心裡紮營嗎?
礁岩錯落的藍色海岸
懷抱著青青草原
夜幕低垂前,我的旅程
選擇加利利海的夕照歇腳
躺在聖跡湖畔
石梯的臂彎,想像
星空下遙遠的以色列戀情
有著耶穌的眷顧
還有生死相許的諾言
迴盪在歷史交疊的時空裡——
我可以在妳的心裡築夢嗎?

【後記】

　　我的好友在東海岸風景區石梯坪南側籌設一處露營區,取名「加利利海」(Sea of Galilee)。他是虔誠的基督徒,曾和夫人一起去過以色列旅遊,就在加利利海受洗。加利利海位於以色列北方,傳說基督經常在此流連沉思,有「聖跡之湖」的美譽。　　（2019年8月於花蓮）

楓鄉的夢

如果去年的足跡
在貝殼沙灘留下記憶
那聖潔浪漫的誓言
隨浪花反覆席捲、撫慰
我們牽手伴行的儷影
潮起潮落之後
夕陽下,月夜裡
每一步都是許諾
每一步都是心靈的回聲

如果昨夜的夢重疊去年的旅程
南國的陽光是誘惑的
我這樣想你
相思繾綣,楓香無限
從落地窗穿越草原
向湛藍的海平面探索
那貝殼沙灘白色珊瑚的夢
我就是這樣想你

任落山風不斷在夢裡呼喚

楓鄉哪，思想起……

【後記】

  友人在恆春鎮西南郊區經營一處民宿，名「楓鄉‧Peace」。房舍寬敞雅緻，四周為楓香林、相思林，以及一大片青青草原所環繞，可遠眺台灣海峽湛藍水域，山腳下即為白砂灣海灘，在南國暖陽映照下，極為恬靜舒適，悠然自得。去年十一月下旬，在友人熱情邀約下，參訪了四天三夜，遊遍墾丁半島，留下難忘的回憶。

（2025 年 1 月 9 日）

波士頓的秋天　給黃以諾

我們的小天使，第一次飛來波士頓
那是十月中一個美麗的清晨
秋天的空氣微涼，卻有一股氣氛
彌漫著歡愉、希望、和溫馨
那是神的恩賜，我們的甜心

旭日東昇大西洋寬闊的海岸
孕育四百年歷史文化的搖籃
波士頓開風氣之先──民主、自由、人權
彷彿花團錦簇百鳥爭鳴的花園
映照著小天使稚嫩的臉

我們徜徉在哈佛巍峨的園區
呼吸著古典與現代交織的氣息
小天使的嘴角微微揚起
好像在說：媽咪、爸比
我長大後一定會在這裡

（2016年10月 於Arlington）

／卷五 收穫的季節／

逍遙遊

任君引商刻羽,自命清高
我唱我的下里巴人,又有何妨
文史政事由君自論
生活的喜怒哀樂讓我獨嚐

所有的歷史都纏雜著因緣附會
哪分得清這許多是是非非
成王敗寇自古即然
用不著昧著良知問心有愧

不要對我說長篇大論
一切道理都延長不了青春
也不要說生命是如何有意義
青絲白雪自來由不得人

書香怎麼樣？博學又怎麼樣？
這些腐士迂儒們都在墨水中咳嗽
都思想在他人的思想
比不得我的逍遙似仙，自在如佛

黑暗的由它黑暗，腐敗的任它腐敗
不要吹噓瞎捧，也不要指桑罵槐
學我唱曲逍遙遊吧
逍逍遙遙，自自在在

（1983年4月於花蓮）

卷六 禪與哲學

148・149　沒有國籍的島

不滅之火

我在朝聖的路上
尋訪生命的不滅之火
心靈棲宿的伽藍
傴僂的身影踽踽而行
一之橋到奧之院
沿石板參道我翻讀日本史
兩公里卷軸，一千二百年浮世繪
歷代大名的罪衍與榮光
宛如萎棄的花瓣
功過俱為塵土

我漫步在朝聖的路上
以虔誠的行腳，卑微的心
聽杉林微風如梵音低唱
此岸，彼岸，浩瀚無涯
虛空裡迴盪的是前世今生
而魯鈍如我者蟄伏世俗框架
遲遲未能參悟。我祈願

／卷六 禪與哲學／

藉信仰點一盞燈

照亮晦暗不明的宿命

涅槃終盡，唯不滅之火長存

【後記】

　　五月下旬，暮春季節，我偕妻子安排了一趟京阪自由行，先到大阪，次日即往和歌山縣高野山聖地行腳。

　　西元816年，空海大師（西元774-835年，諡號弘法）創立了佛教真言宗（東密），建立高野山寺院建築群，至今超過1200年。西元2004年，被聯合國教科文組織登錄為世界遺產。

　　高野山寺院總數約117間，金剛峰寺最具代表性，是弘法大師創立真言宗的總本山寺院。壇上伽藍則是第一座建來弘揚真言宗的道場。奧之院是高野山最神聖的地點，從一之橋到御廟橋，2公里的參拜道，兩側是高聳蓊鬱的杉林，沿途經過20多萬座歷代大名的墓碑和祈念碑，過御廟橋後即是通往奧之院，弘法大師最後長眠的御廟。御廟的拜殿——燈籠堂，內有祈親燈，還有白河天皇（西元1053-1129年）獻祭的白河燈等2萬多盞燈籠，永不熄滅的火已有1000年以上的歷史。

　　弘法大師在天長九年（西元832年）萬燈會，曾發願「虛空終盡，眾生終盡，涅槃終盡，我願無窮」。

（2025.05.20 於日本大阪）

京都哲學之道

我刻意臨摹百年前的風景
沿琵琶湖疏水圳信步而行
想像大師沉思的午後
孜孜矻矻的身影與足跡
在銀閣寺的侘寂美學裡
在法然院茅葺山門的霜雪中
沿岸，在曲折人生之道上
孤獨而自信的眼神
探索宇宙奧秘的哲理

我端坐小店窗前，冥思默想
櫻並木的璀璨與飄零
枯山水庭園的禪意
樸質殘缺的審美哲學
如何詮釋愛慾生死的真諦
大師必然早有定見
我臆測終日不得其解
答案
彷彿漂浮在抹茶的清香裡

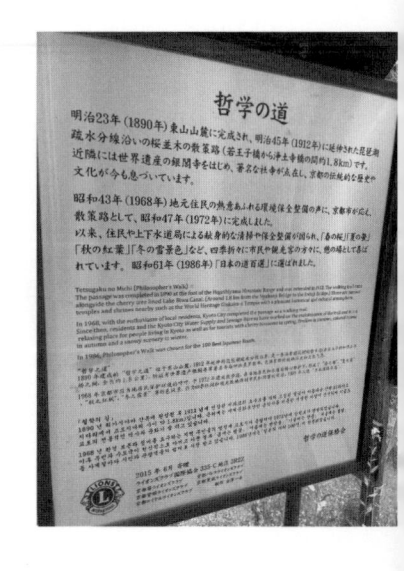

【後記】

　　西田幾多郎（西元 1870-1945 年），是京都大學文學院教授，日本公認的哲學大師，每日在琵琶湖疏水道旁的小徑沉思、散步。

　　這條 2 公里長的小徑，路旁兩側種植了 400 多株櫻花，品種以日本畫家，水墨大師橋本關雪（西元 1883-1945 年），及其夫人共同捐贈的 300 株染井吉野櫻為主，盛開時會形成美麗的櫻花隧道，當地人稱為「關雪櫻」。

　　小徑沿途經過好幾座寺院和神社，例如：慈照寺（銀閣寺）、法然院、永觀堂、南禪寺、熊野若王子神社等。

　　西元 1972 年，這條蜿蜒曲折的步道被正式命名為「哲學之道」。　　　　　　　　　（2025.05.23 於日本京都）

／卷六　禪與哲學／

寫在櫻花上的情書

春天的快遞妳收到了嗎?
每年四月,我用櫻花瓣做的郵簡
寫滿相思的詩句
隨疏水道的流水寄給妳

我在滿開的染井吉野櫻樹下
懷想當年的約定,趁花祭
尋覓妳羸弱的身影
病容憔悴,卻流連依戀
在哲學之道沿岸
妳饋贈的櫻花隧道徘徊
迎風吹雪的繽紛,我彷彿
看見妳的身影隨花瓣飄下

我彷彿看見妳身著和服羽織
櫻花的紋樣,回到白沙村莊
一衣帶水的家園
妳靜靜坐在閣樓緣廊

環顧我們共同築夢的花海
這般粉黛飛舞的春天
約好風雨不離花呀！為何
留下我在殘夢裡孤獨信守

我一生如水墨山水
妳添繪了櫻花的顏彩與生命
而我，只能為妳寫下吟詠的詩篇
滿開的是我的思念
繽紛的是我的淚水
我每年四月寄去的郵簡
寫在櫻花上的情書
妳收到了嗎？

/卷六 禪與哲學/

【後記】

橋本關雪（西元 1883 年 11 月 10 日—1945 年 2 月 26 日），日本有名的水墨畫大師。

西元 1916 年，關雪帶著妻子夜音（ヨネ），從東京遷居京都，在銀閣寺山腳下買下一片土地，親自設計建造名為「白沙村莊」的宅邸。

當時，關雪的事業正蒸蒸日上，經常遠赴國內、外各地巡迴策展。

某日，夜音對難得在家的關雪提起，白沙村莊門外的疏水道，景色是否有些單調的話題。雖然，關雪夫妻因哲學大師西田幾多郎哲學之道的盛名，遷居於此，但總覺得尚有美中不足之處，幾經商量，決定盡力美化疏水道的景觀。

西元 1922 年，關雪夫妻捐贈了 300 株染井吉野櫻給京都府，遍植在疏水道兩岸，讓哲學之道增添璀璨的花海。每逢四月櫻花祭，櫻吹雪的壯觀美景，成為日本百選的賞櫻名所。

但是，櫻樹種下十年後，還來不及看到櫻花滿開的勝景，夜音就因病去逝。愛妻辭世後的每個春天，橋本關雪都會來到哲學之道的櫻並木下，吟詠思念亡妻的詩歌。

京都市民為了感懷橋本關雪夫妻捐贈櫻花樹的善舉，

讓哲學之道「櫻」姿煥發，因而名列日本百選賞櫻之路，特別將這些染井吉野櫻稱作「關雪櫻」。

西元 1961 年，關雪的故居「白沙村莊」改建為「橋本關雪紀念館」，庭園被指定為國家名勝。

我試著以橋本關雪的視角，寫下這首詩，來吟詠關雪思念亡妻的款款深情。　　（2025.07.10）

附錄

沒有國籍的島

文學星圖裡的永恆 ｜ 懷念楊牧老師

　　我和楊牧老師的結緣，始於 1975 年秋天，那已是 45 年前的往事了。那時，他剛從美國回台大任客座教授，我還是政大大四的學生，和一群同學正努力籌劃詩社，創辦詩刊，所以經常結伴到金山街楊牧老師的寓所請教，當時，主要成員除了我之外，還有施至隆、陳家帶、張力、單德興、沈文隆、胡為明等人，我們大約每個月聚會一兩次。印象最深刻的就是，老師的冰箱裡總是塞滿啤酒，我們總是找藉口以詩騙酒，而老師對這群詩情壯志，意氣風發的大學生特別關愛呵護，寬容大方；偶而老師也會到政大，大夥兒在夜涼如水的籃球場飲酒談詩，兼論時事。政大「長廊詩社」就在這樣的氛圍催化下成立了，而老師就是幕後主要的諮詢對象，提供許多寶貴意見。

　　1980 年春天，我將之前七年來的作品結集出版，詩集名叫「茉莉家鄉」。我寫信到西雅圖，懇請遠在美國的楊牧老師為我的第一本詩集寫序，老師爽快允諾，並給我很多的期許與勉勵。「……我們的共識當不止於此──是還有一份嚮往和憧憬，在墨瀋和足跡之後，更為我們所珍惜。」楊牧老師提攜後輩的情懷是熱烈且無私的，也由於

/附錄/

沒有國籍的島

他諄諄期勉,讓我後來的創作,在唯美婉約外,更嚐試注入一股剛毅雄渾的力量。

1996 年,楊牧老師回到他摯愛的故鄉——花蓮,接下東華大學人文社會科學院創院院長的重責大任。那段期間,我曾多次和老師在校園裡見面,東華大學典雅且饒富學院風的建築群,景色秀麗宜人的大學湖畔,視野遼闊佈置舒適的餐廳,書香洋溢人文薈萃的學人宿舍,都曾留下我們對詩的禮讚,以及文學與政治間衝突妥協的辯證。經由楊牧老師的介紹,我認識了專研愛爾蘭文學的吳潛誠系主任等東華大學的師生。東華大學在楊牧老師精心擘劃下,文學創作風起雲湧,人才輩出,蔚為風潮,奠下文學重鎮的深厚基礎,「楊牧學」更引領風騷,樹立典範,終於成為學子們模仿研讀的顯學。楊牧老師將畢生所學回饋花蓮,孕育東華大學開放的學風,智慧的傳承已然萌芽,我們看見一位偉大詩人的翩翩身影,烙印在校園的每一個角落,讓後代傾慕尋訪,追憶想像,縱情揮灑,共譜樂章。

在現代詩的長廊裡,楊牧老師是我們的北斗。我們曾經年少輕狂,我們放歌抒懷,高談闊論,也恣意描摹彩繪,吟唱人生。長廊雖然曲折蜿蜒,但沒有盡頭,因為楊牧老師已是定位在文學星圖裡的永恆,指引並照亮文學的路。在楊牧老師的墨瀋和足跡之後,莘莘學子如我者,追思悼念之餘,更應該珍惜那份嚮往和憧憬,在尋尋覓覓中,在

文學的國度裡,「楊牧學」的風景已然綻放出璀璨繽紛的顏彩,在東華大學的湖畔,在花蓮的山海之間,在島國人民景仰孺慕的心裡,成為歷史不朽的篇章。

（2020 年 4 月 30 日於花蓮）

後記

莫忘初心，耰而不輟 | 出版前感恩的話

　　這本詩集《沒有國籍的島》，能夠順利付梓出版，首先要感謝前衛出版社創辦人林文欽先生，因為，現代詩的讀者是小眾的，尤其在電子科技發達的時代，紙本幾乎沒有市場。出版業界慘淡經營，咬牙苦撐，已經很難生存了，何況現代詩集更是乏人問津。文欽兄願意幫忙出版，除了私下的同鄉情誼外，最主要的應該是彼此本土意識的契合。藉此，向文欽兄致上最誠摯的謝意。

　　另外，我也要向三位好友：陳家帶、廖永來（廖莫白）、施至隆表達無限的感激，他們分別從不同的視角來寫推薦序，描繪詩作的底蘊，銘刻詩作的精神，譜寫詩作的歷史，能夠得到他們千秋之筆的襄助，讓這本詩集更具份量與質感，也可讓讀者更易於瞭解作者創作的初衷與詩想。

　　其次，我要感謝家人，長期來默默地支持與鼓勵，幫我校對文稿，並提供寶貴意見。尤其，打從婚後，我的詩作一直都是內人繕打編輯，無怨無悔承擔了45年來助理兼秘書的工作，勞苦功高自然不在話下。

　　這本詩集最後一塊拼圖，卷六——「禪與哲學」裡的

三首詩：高野山燈籠堂的〈不滅之火〉、〈京都哲學之道〉，與〈寫在櫻花上的情書〉，之所以能夠親自走訪而定稿，必須感謝日本自由行的達人——小說家劉富士先生，早在農曆春節前後，我即拜託他幫忙規劃行程，終能如願完成。

最後，我要特別感謝一位長期熱心公益、支持本土、支持我的朋友——顏德和董事長。當他知道我要出版45年來的第二本詩集《沒有國籍的島》時，立即表示全力贊助支持。在出版事業景氣低迷的今日，有貴人相助，自然感恩不盡。

受人涓滴，自當泉湧以報。感謝所有關心支持的家人和朋友們。希望這本詩集順利出版，也能贏得更多的讀者喜歡，一起分享我對島國命運、人生哲理的詩想。

/後記/

168・169　沒有國籍的島

/後記/

沒有國籍的島

/後記/

172・173　沒有國籍的島

／後記／

沒有國籍的島

／後記／

沒有國籍的島

作　　者	黃維君
責任編輯	Tori
美術編輯	Nico
封面設計	李冠伶

出 版 者　前衛出版社
　　　　　地　　址｜10468 台北市中山區農安街153號4樓之3
　　　　　電　　話｜02-25865708｜傳　　真｜02-25863758
　　　　　郵撥帳號｜05625551
　　　　　業務信箱｜a4791@ms15.hinet.net
　　　　　編輯信箱｜avanguardbook@gmail.com
　　　　　官方網站｜http://www.avanguard.com.tw

出版總監　林文欽
法律顧問　陽光百合律師事務所
經 銷 商　紅螞蟻圖書有限公司
　　　　　地　　址｜11494台北市內湖區舊宗路二段121巷19號
　　　　　電　　話｜02-27953656｜傳　　真｜02-27954100

出版日期　2025年8月初版一刷
定　　價　新台幣320元

ＩＳＢＮ　978-626-7727-33-1（平裝）
E-ISBN　978-626-7727-31-7（PDF）
　　　　978-626-7727-30-0（EPUB）

©Avanguard Publishing House 2025 Printed in Taiwan.
*請上「前衛出版社」臉書專頁按讚，獲得更多書籍、活動資訊
https://www.facebook.com/AVANGUARDTaiwan

國家圖書館出版品預行編目 (CIP) 資料

沒有國籍的島／黃維君詩作. -- 初版. -- 臺北市：
前衛出版社, 2025.08
176 面；15×21 公分
ISBN 978-626-7727-33-1(平裝)

863.51　　　　　　　　　　　　　　114010304